庄丰石 / 著

语溪深深

上海社会科学院出版社
SHANGHAI ACADEMY OF SOCIAL SCIENCES PRESS

语溪轻漾旧时波(代序)

徐自谷

一泾碧水,一掬清波,一怀乡情,一片乡思,一缕乡愁。翻开丰石的散文集《语溪淙淙》,在轻轻的语水淙淙荡漾声里,眼前展开的是一个江南水乡古镇一幕幕过往的生活场景。

古镇的名字——崇福,时间上溯到春秋,其域时处吴越疆界,勾践说"吾用御儿临之",成为防吴的第一线,是地也因此名为御儿。到汉朝,御儿转了个音称为语儿,唐代开始建镇,到后晋天福三年(938)建县崇德,为县治。治东南有沙渚塘,相传越王勾践"入臣于吴,夫人从道产女"于塘之北岸。不知是不是因为天生龙种,异秉,女竟然生而能语,后好事者就于此筑语儿亭渲染其事,南沙渚塘的地名一下雅变为语溪。再后来一个县治之地也都用起这个雅称——丰石散文集书名的"语溪"即是此地,也就是如今崇福。

崇福，钟灵毓秀，一条古运河贯穿镇境。淙淙运河流水让古镇天生出来一种勃勃的生趣，运河的碧波荡漾出语水的活泼和轻盈，孕育了崇福先民勤劳、聪明的品性，把这块地方打造得"地饶桑田，蚕纱成市"。崇福被世人誉为"鱼米之乡，丝绸之府"的同时带挈了历史人文辉映出一片灿烂，诸如吕留良、沈晦、辅广、徐自华等的文人学者，一个个无不以自己的道德文章、风骨精神滋润出此地一片文化的沃土，于是，崇福历史文化底蕴就无比丰厚。

作者用文字回忆了此地许多的里巷旧事、生活习俗、市井人物、师长同学，娓娓道来，勾勒出一幅幅形象而生动的画面。同为乡人，翻阅每篇都觉得特别津津有味，原因怕就是集子里的字语都内含了一股浓浓的乡情、乡思，或者说是乡愁。

前几天，丰石微我，希望我为他的这本集子写一篇序作，理由是因我乃语溪人氏，而且还是语溪老人，由我提笔最为合宜。殊不知这"以年长人"却是说的老人长而无出息，徒以年齿示人——好在丰石原意并没有这点意思，何况他还有个理由让我推脱不了，就是这本集子的大部分篇目我早先都曾读过——如果淙淙之谓是形容全书文字流淌多为乡事旧人，那一个个文字若嬗变为乡音，就是每一音符都曾经落进过我的耳朵，落笔并不是难事——他这振振之词，总而言之，是让我推脱不掉了！

好吧，就不去管顾什么"以年长人"的说道，也不管顾老人说话确实爱唠叨散漫，就来喋喋几句。

我和丰石虽同为乡人，却有一代人年纪的差距。两人之所以交好，是因为《崇德文苑》的编写，我是编者，他是作者。对于他抒写乡里旧事人文的文字，《文苑》读者自然很喜欢，作为编者当然很欢迎这样的文字，彼此交往也是自然的事。

但我们的相见却颇有戏剧性。那一天，他来看我，我见了他陡觉很眼熟，稍一想，原来之前有一段时间的早上，两人竟然同在一个公园的银杏树下练习太极拳——太极谓之"易有太极，是生两仪"，练太极讲究的是气静神闲，身体架子须"头似悬丝，手浮弱水"，书本上说，只有这样气息才会圆融流畅。有了这种近乎玄学的理论，练习时自然"目中无人"，因此，虽然相距咫尺，有一个年轻人在做同样的运动，我却并不关心此为何人。所以两人每日见面，却相互间始终不曾有过招呼！及至那天他来看我，我才知道他的名字——其时，他在离舍下不远的一所中学教书——有时想想人世间的交往很是巧妙，譬如我和丰石，要不是这"文学"二字，虽曾近在咫尺，却似陌路。但因文学，竟一下成了忘年之友！人生，缘乎！

终于记不起那天丰石是什么事来看我，好像并没一点事情，因为尽力回想，当时的话题似乎只是谈了些嘉兴文坛的情况，闲谈了一位李姓作家的一篇《孩子王》。接着扯起了读书，话题便聚拢到汪曾祺的文字，竟然两人都同样钟情于这位"没落的士大夫"的文字，便一下觉得亲切起来，说了许多话，自然都是文学的话题。

不久，他去沪上读研了，后来他去了桐乡。忽然有一天，我的电脑中出现了他发给我的文字，多为崇福乡情旧事的小品，文字很朴素，且隐了许多我熟悉的人、事在里头。文章中的外婆、邻里婶子、路边的小人书摊、小聋子的茴香豆、那瓮臭卤、那辆永久牌自行车，还有那位有着孔乙己身影的姓俞的乡人，都让我生发出许多带感慨的回忆。当然，对他的文字也有批评，就是有些中规中矩，想来大概他是语文老师的缘故罢。但其散文不散，会让读者读出一种拘谨。不过我们《文苑》刊旨曾强调欢迎乡人写乡事，于是，丰石理所当然成了我们《文苑》乡土散文栏目的一根台柱子。

当然，这已经是经年的事了，我现在翻阅丰石这本结集的时候，每篇读去已经感觉无论叙事或者状物，文字很显出一点活泼，语言虽然一仍以前的朴素，却多了一层供辨味的余韵——这是一位作家开始成熟的标志。

　　写到这里，似乎还得对丰石的这本集子再要饶舌，忽然间瞥见文档下端的字数提示已经接近两千，"以年长人"是既成事实，但纵"年齿徒长"还是要懂得知趣的，算了罢！就此打住算了！

　　我说丰石这本大著的每个字语里含着一股浓浓的乡情、乡思，或者说乡愁，就记起旧友顺龙先生评说乡愁的话：乡愁是生于斯长于斯的故土情结，是念兹在兹的文化传承，是先人与后辈穿越历史烟云的灵魂相望；乡愁是乡亲的精神家园，是游子心尖的港湾。这说得真好！借过来当作这番唠叨的结语罢！

自　序

为崇福写点东西的想法，缘起于我的一篇文章，那篇文章是写崇福人最熟悉的"大操场"。文章在我自己的微信公众号里贴出来后，点击量马上就过万了。在这个全民自媒体的时代，能获得这样的流量已属不易。我知道，这篇文章触动了很多老崇福人的心弦。因为在老崇福人心目中，大操场不啻一处精神地标，很多人的生活记忆里都有它的存在。

崇福一直是桐乡的工业重镇。特别是二十世纪七八十年代，乃至九十年代，全镇先后有几十家企业。这其中有国营企业，也有集体所有制企业，更有街道自办的工坊和私营企业，规模不一。发达的工业带来了此地前所未有的繁荣。小镇人烟炽盛，生活丰裕，同时也带来了教育、文化、体育事业的发展。如，桐乡二中86届1班，全班五十人，有三十多人考上了大学。这个录取率即使放到今天，也是蔚为可观的,要知道那时高考招生人数远远少于现在。再如,小镇有足球联赛,有篮球联赛。每到赛季,各企事业纷纷组队参加比赛,群众围观如潮;"大操场"边上的灯光球场,篮球比赛如火如荼,同样吸引着无数的球迷。

而今,崇福这个千年古镇在经历了短暂的沉寂之后,重新开始焕发光彩,经济、教育、文化事业生机盎然。古镇新貌,实在令人骄傲。入夜,华灯初上,走在运河两边的街道上,望春风大桥古色古香,看河中栈道人来人往,品语溪公园悠扬琴韵,怎能不让人心潮起伏?作为一个古镇的孩子,古镇给予我的实在是太多太多。我七岁到崇福生活,直到三十岁因为工作关系离开崇福。求学、工作、成家、生子……我人生中重大的事情,几乎都在这里完成,是崇福的水土养育了我。所以,我有义务讲讲老崇福的故事,让更多的人了解崇福,让这个千年古镇的流风余韵滋养更多的人。

记忆安静且平缓地行走,一段段关于崇福风土人情的景象不断浮现:邮政所边上的小人书摊,是崇福孩子们每日必到的好地方;太平弄口小吃部的油炸春卷,让人回味无穷;西寺前金刚殿前小聋子零食摊上的美食,令人垂涎三尺;每年农历五月二十日大运河边的"水龙会"场面,好不壮观;南门头的司马高桥,是崇福人介绍家乡必数的

"家珍"。经过一个较长时期的准备，我的文字逐渐丰富起来，点点滴滴最终汇成了一股"语溪"流淌于笔端。

在准备过程中，首先要感谢徐自谷先生。多年前，自谷先生介绍我加入作家协会。而后一直鼓励我坚持写作，并经常提出中肯意见，是我的良师诤友。而且徐师熟悉崇福，是崇福的"老土地"。因此，这次能请到他为小书作序，感激之情，实难尽言！同样要感谢书法家申伟老师和画家李荣华老师，两位师友对艺术孜孜以求且取得了累累硕果，长久以来一直是我追慕的对象。这次申老师帮我题写了书名，李老师为本书绘了插图。他们的鼎力相助，为本书增色添彩！另外，朋友陶文军、宋晓琰夫妇为本书的顺利出版不断助力，在此一并表示感谢！历经岁月的洗礼，友谊弥足珍贵，我会倍加珍惜。

最后，我想说：我的家人们，我的老师们，我的朋友们，还有我的学生们，与你们的相遇，是我生命里最丰盛的礼物。有你们真好！

崇福，有你真好！

目录

语溪轻漾旧时波（代序）　　　　　　徐自谷　1
自序　　　　　　　　　　　　　　　　　　　1

第一辑　走在弄堂里

走在弄堂里　　　　　　　　　　　　　　　3
情牵大操场　　　　　　　　　　　　　　　7
温暖亦有乡　　　　　　　　　　　　　　　19
又是一年地藏香　　　　　　　　　　　　　24
桥　　　　　　　　　　　　　　　　　　　28
春游苏州　　　　　　　　　　　　　　　　31
洗澡记　　　　　　　　　　　　　　　　　35
夏日四宝　　　　　　　　　　　　　　　　42

荡船	49
蹭动画片	53
话说迎恩桥	57
运河之夏	60
小人书时代	64

第二辑　多年师生成朋友

多年师生成朋友	71
头发去哪儿了	75
等我好起来	81
小聋子零食摊	85
我的小学生活	90
乡村酒徒	102
旧书里淘来个一等奖	108
村里的诨名	112
怀念叶富英同学	117
求学之路	120
外婆今年九十三	131
糊帮板	134
闲人俞达	138

第三辑　清明吃螺蛳

清明吃螺蛳	145
油条赋	148
漫话桐乡面	155
镬糍香正浓	166
家乡肉	171
烟火味深藏	175
最是人间烟火味	178
寻常食事最缱绻	184
崇福的早点	189
美食采撷	196

第四辑　我的外公外婆

我的外公外婆	205
早春随想	214
秋天的吟唱	216
戏说"洋盘"	219
一坛好卤	223
歌声再次响起	227
自得其乐	231

自行车之歌	236
幸福老爹	245
情义无价	248

第五辑　腌腊里的年味

腌腊里的年味	255
留住幸福的味道	259
过年	262
年菜如斯	267
吃鱼的记忆	270
"偷"肉记	274
金鱼蛋饺	277
寻找年味	281
相逢	285

第一辑

走在弄堂里

走在弄堂里

复习崇福古镇的最好方式就是穿行在大大小小、长长短短的弄堂里。回忆就像在门口等我下班的孩子，一见我，就冲了过来，紧紧地搂住我的腿不放。

蒋家弄，现在是一条宽阔的马路了，车水马龙，行人如流；店铺林立，叫卖声迭起。大家是否还会记得，曾经这里一边是白墙黛瓦，另一边则是七十二家房客，人来人往，进进出出，喧嚷不已。弄堂里还有一家理发店，店堂里一把老式大圈椅，椅背可以放倒；刮脸的人放开手脚躺下，一条热毛巾盖脸上；理发师一手扯起厚实的刀布，一手握着剃刀在布上来回地鐾，刀片锃亮。炎夏里，一把老旧吊扇叶片旋转，不紧不慢。弄堂和另外一条弄堂的交会处有四口井，叫作"四眼井"。四眼井紧紧挨在一起，井栏四周全是人，提水的桶上上下下。清亮的井水哗哗地倒进盆里和桶里，洗菜，洗衣，淘米，这井水还冬暖夏凉。

五桂坊弄是大弄，也是名弄。说它是名弄，因为科举时代，弄里莫氏五兄弟先后及第，蟾宫折桂，是全镇的荣耀所在，故名五桂坊弄。后来这里慢慢演化为一条热闹的商业街，弄口南端有杂货店、小吃店，还有游戏厅。中段有个礼堂，镇上有重大集会时，人们常会在这里汇合。平时这里有热闹的录像厅，《英雄本色》看痴了多少少年人；当然，也有更多的成年人，一本录像，一杯茶，烟头明暗交替里，勾勒出一双双寂寞的眼。

我家住在太平弄里。太平弄是镇上最长的弄堂，从南到北，横跨半个老城区。我家对门住着汪奶奶一家。汪奶奶年逾九旬，身康体健，喜欢搬把竹椅子坐在门口吃饭。她喜欢吃肥肉，有一次，她夹起一块咸肉，在阳光下欣赏如羊脂似的肥肉，眼睛眯成一条缝，嘴巴里不住地赞道："这个家乡肉（咸肉）真是好吃，阿拉爷（我父亲）在的辰光，也最欢喜吃这个肉！"

横街既是街，也是大弄堂。它的风流自不待言，与之相连的弄堂也因它而赋彩。横街往东，通向大运河方向的弄堂叫"浒弄"，但是以前我都以为叫"火弄"，而且镇上人也都这么叫。也许这个"浒"有点难认，还不如找个简单的字来代替它。当然，以前取这个名字的人学问肯定不错，"浒"字本义为"水边"，而这条弄堂开口处恰是运河边。浒弄口有一棵高大的皂荚树，大树葱茏，树冠亭亭如盖，它横立在马路中间，汽车、自行车、电瓶车都乖乖地绕道而行。它已经一百多岁了，是小镇历史的见证人，德高望重；它的年轮里写满了小城故事，等着人们去阅读。

横街的西段有一个保安弄，可能是镇上最窄的弄堂了，人伸展双臂，左右手可以摸到两边斑驳的墙壁。它北接横街，向南通向宫前街，靠近宫前街的地方走了一个"之"字弯，曲径通幽。保安弄曾经是我们一群少年最爱玩的地方。一条窄弄堂，两边深院高墙，有啥好玩的？有，练车技！那时，我们刚上初中，也刚学会骑自行车；保安弄狭窄的通道，正好容一车通过，尤其是那个曲尺形的拐弯，着实能激起少年人的斗志，大家比试，看谁能"一把过"。多少次曾流连在这里，乐此不疲。累了可以到同学家休息，他家就对着弄口，在马路对面。同学的父亲是物理老师，家里曾装遍了声控电灯，在弄堂口"啪"一击掌，他家里的灯会全亮起来。不过后来就拆除了，因为来往车辆鸣笛，行人高声聊天，都会把一屋的电灯都惹笑。

如今的横街，正列入运河文化复兴的筹划当中。相信，整饬一新的老街将携深厚的积淀与时代的动感，重回人们的视野，一展千年古镇的底蕴。

镇上弄堂繁多，于是人们喜欢用"七十二条半"来形容，至于是否真有那么多，其实并不重要。它们像一根根毛细血管，从镇中心的主动脉向身体各处伸展开去，小镇的生命因之生生不息。

噢，对了，还有"半条弄"呢？那其实是一条不起眼的小弄，名字就叫"半爿弄"。

情牵大操场

一如外滩之于上海人、西湖之于杭州人那样,大操场之于崇福人,就是日常生活的一部分。看大大小小的热闹,可以到大操场;开展各种各样的文体活动,可以到大操场;举办一年一度的商品展销会,可以到大操场;散步、闲逛、锻炼、拍拖、学车(自行车),甚至吵架,都可以到大操场。

每个崇福人的记忆里,哪里少得了"大操场"这三个字!而现在,一个商业中心傲然矗立于此,四面各色小店林立,熙来攘往,人头攒动,这里已经是商业活动的天下了。有一次,我回到崇福,偶尔经过这里,看到那曾经是100米比赛起点的地方,变成了商业中心地下车库的出入口,车进车出,穿梭不停。

(一)

操场西南角上有一处旧式大院子,院子里的房屋被分得七七八八，不少人家杂居其中。院子北墙上也开了一扇门，一间很小的屋子里，住着一位孤身老人，这里很多人都还记得他的样子：脑袋整个儿是"不毛之地"，半根毛发也没长。特别到了夏天，或是他干活时，一脑门子的汗，活像一个上过油的大葫芦。他平时以帮人挑送煤饼为生，家里缺劳力的人家雇他到煤球厂买上一担煤球或煤饼给送到家，而后付他点辛苦费。经常可以在街上看见他挑着一担煤饼或煤球缓步前行，高高的个子，沉重的煤担压在他的肩上，背都有点驼了；他的脸上、头上都积着黑黑的煤尘，汗水不断地渗出来，整个脸就成了个大花脸。有时也可以看到他在家门口，搬一盆水，光着上身擦洗，然后就坐到小凳子上，看着操场上来来往往的人们，有时脸上带着笑意，有时目光中写满了落寞。自始至终，我们也没有人知道他叫什么名字，他有没有家人，他后来的结局又是怎样。镇上的人们，你们还记得他吗？

而另一位与大操场有关的人物，只要是崇福人，都知道他，人唤其为"杨毛头"。他患有精神疾病，成天在街上东游西逛。他一头乱如草窝的头发，眼神时而呆滞，时而兴奋。小孩子都很怕他，只要远远地看到他，或者听到有人一声高喊"杨毛头来了"，就赶紧躲起来，因为传言他要抓小孩，会揪住人不放手。但也有人告诉我们一个秘诀，如果不幸被他一把抓住，你只要喊一声"杨司令"，他肯定会放开你，眼睛笑得眯成一条缝。镇上的人都说他就是成天想当"司令"，所以最后心智错乱，变成了这个样子。他也经常在操场边闲逛，有一次看到他在司令台上，手里握着一根枯树枝，时而仰望天空；时而注视台下；时而拿树枝点点戳戳；时而嘴里念念有词，想来他肯定在指挥台下那我们看不见的千军万马。他的世界有谁懂呢？镇上的小孩子如果啼哭不已，家长只需喊一声"杨毛头来了"，孩子马上就不再哭闹了。后来听说他死了，用镇上人的话来讲，就是"伊毒杀特"（发疯而死）。

（二）

操场的东南角原来有一座土山，山顶上长着十几棵大树，树荫浓密。土山是孩子们的乐园，最常见的游戏就是玩"打仗"，一方从"山脚"攻到"山顶"，一方在"山顶"严防死守，待山下的人冲到山上，随手捉住一个，两人一起从"山顶"直冲下来，嘴里咿里哇啦地喊着，发出一阵阵欢呼。时间一长，土坡竟然出现一条深深的凹槽，有几个孩子干脆坐在槽里，让伙伴从后背推他"下山"。可怜见，这几个小玩主的裤子用不了两三个"上下"，屁股处就"开花"了——裤子硬生生被磨出两个大洞，回家免不了家长的一顿臭骂。但是用不了几天，好了伤疤忘了痛，他们会继续玩这样的游戏，乐此不疲。人们都会记得，每到下午放学后，或者节假日，土山这里，挤满了嬉闹的孩子，笑声、喊声震天响。

后来土山被扒平了，原因是操场跑道扩建，原先的篮球场让位于跑道，篮球场只好向土山要地方。土山上的树被砍了，山头也被扒平了。"攻城拔寨，一夫当关、万夫莫开"的日子，已经一去不复返了。

在我小学毕业那年，镇工会在大操场边修了一座楼，在这里成立了工人俱乐部。除了办公室以外，二楼有个宽敞的阅览室，里面有个藏书不少的图书馆，还收有许多报纸杂志。每天晚上，陆续有人来这里看书读报，有时还会借到家里去看。如果你也经常去那里转转的话，你会发现来看书的就是那几张老面孔。比如，一位Y姓同学的父亲，是位理发师，每天晚上必到。阅览室里很安静，大家各自捧着书刊，专心阅读。如果要看热闹，工人俱乐部底楼还有一间棋类活动室，棋类爱好者们常在这间房子里切磋。观棋不语真君子，要做到还真不容易，有时，观棋者比下棋者还要着急，言语之间自然会有点"过往"，平添了几分热闹。当然，最热闹的是位于底楼的桌球室，几张绿呢铺就的大台球桌边上常常围满了青年人，这项活动也算是新鲜玩意儿，尤其吸引青少年。我那时也经常去玩几局，练练手，水平就一般，不过也有爆冷门的时候。有一次，一位大家公认的高手与我过招，结果，我一杆到底，一口气将黑球打入袋中，一点机会也没有给对方，对方很不服气，气咻咻地走了。真不知道是哪来的运气，我竟然把他打败了。这次桌球经历真的很难忘！

（三）

当时，镇上群众体育运动氛围相当浓郁。镇上企业众多，是本县域内的工业重镇。几个职工数量较多的企业都组建了自己的球队，尤以足球与篮球为盛。大操场是众多比赛的举办场地。

每年七八月，学校放假，大操场就空置下来，由镇工会牵头组织的足球联赛便拉开了帷幕。十几支队伍轮流捉对厮杀，一决高低。而镇上的居民们好似过节一般，摇着蒲扇，叫上邻居，三五成群，前往助兴。这些队伍里有他们的亲戚，有他们的朋友，场上场下一家亲，而各支队伍里的球员们，同是本乡本土的人，又为了同一爱好而相聚在赛场上，更是熟络无间，场上虽是奋力搏杀，场下却是哥俩好，兄弟亲。

各方诸侯，逐鹿中原，强队渐出。机械厂队、化肥厂队、农药厂队、医药用品厂队、酒厂队、桐乡二中队等队伍都是小镇居民各自心目中的"种子队"。作为二中的学生，我们当然是二中队的"忠粉"，队员中也不乏我们的恩师们。英语老师卢湘仁，司职中卫，奔跑迅速，补防意识强；化学老师张锦松刚出大学校门，别看他瘦瘦小小，踢起球却是脚下生风；数学老师朱羽，司职后卫，个子不高，却身手灵活，善于移动。守门员宋晓竞老师，他杭州大学毕业，学的是篮球专业，守起门来，篮球专业的功底让他游刃有余。他一直从事体育事业，现在是著名的篮球国际裁判，曾多次执法 CBA、WCBA，甚至在亚运会与世界大学生运动会上，也可以听到他响亮的哨声。大操场的球场上人才辈出。

印象最深的是 1987 年崇福的"联赛"冠亚军决赛，对阵双方是二中队和机械厂队，最后机械厂队夺得了冠军，二中队获得亚军。机械厂队的核心人物陈争红是夺冠的功臣之一，他脚法细腻，敢冲敢拼，在场上活像一头豹子。他原是嘉兴市少体校的学员，曾入选过省青训队，由于种种原因，他与省队失之交臂。当年镇上居民都知道他，他就是人们心目中的"C 罗"或"梅西"。那年，桐乡二中学生足球队一路过关斩将，杀入浙江省青少年校园足球比赛的决赛，虽然最后没能赢下对手，但也创造了一个奇迹。

一支名不见经传的球队一路高歌猛进，靠的不是运气，而是实力。获奖名单上教练陈争红的名字赫然在列，不由得令人肃然起敬。光阴荏苒三十载，他依然活跃在绿茵场上，用另一种方式表达着对足球的执著与热爱。这正是小镇足球文化的传承，虽然我们现在已经无缘再看到大操场上的厮杀，但足球文化的基因还在，从20世纪三四十年代的"崇德队""正风队"，到后来的"青年队""崇福镇队"，从崇福镇的乡贤——"八一队"总教练、国家队主教练戴麟经先生，到而今一个个虎虎有生气的足球少年，我们实切实地感受到小镇足球文化的流风余韵。

现在我们在电视、网络上观赏中超、英超、世界杯、NBA、CBA。而三十多年前，小镇居民已经有幸观赏到激烈的比赛，感受着体育的魅力了。这一切的故事，都曾经发生这片热土上，一个曾是古时练兵演武的校场上。

（四）

对于我们这些学生而言，最兴奋的莫过于开运动会。每年春季，镇上的小学、中学轮着开运动会，同学们搬着小凳子来到大操场上，在划定的区域里坐好，司令台上拉起了横幅，高音喇叭里喊着比赛的进度与成绩，播报间歇时还放着《运动员进行曲》，豪迈的音乐飘到了赛场的每个角落。运动会上最吸引人的项目当属短跑比赛与 4×100 米的接力比赛。当广播里播送着"下面即将举行男子 200 米比赛……"时，大家都纷纷站立起来，拥在跑道边。200 米比赛最好看，选手们要压两个弯道，你追我赶，往往弯道处就可以分出高低了。只听得一声枪响，选手们如离弦之箭一般飞奔而去，大腿肌肉筋脉毕现，展示着力量与速度的美。在大家的加油声中，选手们很快经过司令台，最后冲向终点，六名选手几乎是同时触线，难分伯仲。当时，桐乡二中有一名运动健将，是国家二级运动员。看他跑步真是一种享受，枪声响起，运动钉鞋在铺满煤渣的跑道上发出有规律的"嚓嚓"声，眼见着他如一阵风般冲向终点，最后计时表显示 23 秒，又一项校运会的纪录诞生了！这位运动员的名字叫张军，他而今在母校当体育老师，培养着一代代新人。当年，他在场上刮起的那股"旋风"，相信很多人还能想起来。当然，4×100 米比赛也是扣人心弦，让人激动的。尤其是当教工队出场时，整个赛场都沸腾了，同学们都爱看老师们之间的角逐。平日里一位位斯斯文文的先生们，一旦到了赛场上，立刻变得个个龙精虎猛，威风凛凛。

至于我自己，也是年年都参加运动会，从小学一年级开始到高三，一年不落，年年参加 100 米、200 米的比赛，且总能冲入决赛,但从来没有进过前三名,第四名已是历史最好成绩。二年级时第一次参加200米比赛,预赛时拉伤了大腿肌肉,决赛时我几乎是沿着跑道走到了终点,也为班级挣下了一分。而高三时的200米小组预赛,让我体会了一把领头羊的滋味,当时一声发令枪枪响后,我便一路领先,冲过终点线。两名司线员轻攥着的白线,在我身体的带动下,在空中划过一道美丽的弧线,轻轻地落在了我的脚边。计时台边上正好坐的是我们班级,我像一个胜利者一样向同学们挥挥手,同学们纷纷报以热烈的掌声。只可惜这仅仅是预赛,决赛就不会有这么好的成绩了。但我曾努力过,何必计较成败呢?

(五)

旧时,农历五月二十,是崇福镇的传统节日"水龙会",传说这一天是水龙菩萨的生日。崇福"水龙会"至少已有上百年历史。每年这一天,镇上各个街坊的水龙(消防器材)全都要集中到大操场,接受全镇人民的检阅。后来随着消防设备的不断进步,各个街坊的水龙在发挥余热的同时,镇上各家企业自设的消防队如雨后春笋般涌现出来了。

水龙会当天,镇上热闹非凡,四邻八乡的男女老少都会赶到镇上去观看水龙表演。全镇各街坊和各工厂单位的水龙车队伍在大操场集中,且看这些消防设备,简直就是一次消防设备沿革的大巡礼。一辆辆铁制的四轮水龙车,那是用杠杆原理制成的手动消防车。车上安装着一只金黄色大铜铃,车子推动时,铜铃便会发出"当当当"响亮的声音。车子上还备有几十米长的灰白色帆布消防水管,几名壮汉推着车子,从西寺方向赶过来,直奔大操场,这些车多半是各街坊民间消防队的设备,都是有年头的"老古董"了。各工厂企业消防队的设备则先进多了,一台台柴油机连着水泵,几十米长的水管盘成一团放在一边。各队的业余消防队员也都是统一着装,井然有序。一时间,大操场上旌旗招展,人声喧闹,高音喇叭里发布着有关活动的消息。观众们也是大饱眼福,这些个从"爷爷辈"到"孙子辈"的设备,这么多支业余消防队伍,场面着实宏大。集合完毕,各路消防车沿着大街来到北桥附近市河两岸的河堤上。随后,各队摩拳擦掌,摆开龙门阵,开始进行精彩的"技能比武"。

比赛开始,各队人马精神抖擞,使出浑身解数。操作手动消防设备队伍的队员用力地飞速压动水龙活塞,尽力让水龙口喷射出的水柱既高又远,很快,几个队员就满头大汗,面红耳赤了。而拥有机器设备的队伍,只需要将机器打开，水泵从河里抽上水来喷射，相比之下，这几支队伍气定神闲多了。沿河的十多条水龙同时喷水，射程最远可达四五十米，几条水柱有时交织在一起，在空中激起水花有多高，两岸观众不时爆发出雷鸣般的掌声和惊叹声。而运河里过往的船只可就苦了，在道道水柱里穿行时，如同经过一道道瀑布，整个船上上下下，没有一处是干的，有几个船员气得直跳，大声怒骂，却又是无可奈何。

（六）

一日，走在梧桐树簇拥的老街上，迎面走来一对夫妇，我一眼就认出了他们，思绪一下子被拉回到大操场上，他们不正是当年在大操场上吵架的那对吗？两人曾经在跑道上并排前进，一边疾走，一边争吵，男的脸涨得通红，而女的则是脸色发白，他们在跑道上走了一圈又一圈，铺在跑道上的煤渣被踩得"咯吱咯吱"叫，声音尖利急促。

对面的这对已届老年的夫妇，你们可曾记得那次吵架的大操场吗？可曾留意当时一个小孩站在跑道边，惊讶地看着你们气冲冲的模样，从太阳西沉到你们的身影消失在夜色中？也许，这场"战争"只是你们几十年风平浪静生活里的一朵浪花。如果有一天，你们走过这里，是否会相视一笑，再抬头看看天，感受那天高云淡？

可惜啊，这片"战场"已经不在了，那一个曾是小镇人们天天念叨、时时想去且要去就去的地方已经不在了。只有这片土地，才记得发生过的一切。而我们也只能在记忆里找到那个地方，回到那段往昔的时光，在时光婆娑里，看岁月变迁，人世幻化。

温暖亦有乡

时令已过大雪,真正的冬天开始了。北方早已是大雪漫扬,冬天的况味十足。北方,农村有土炕,城市有暖气,尽管屋外天寒地冻,可室内还是暖意如春。而南方的冬天却是另外一番情景,气温看似不低,实则寒气逼人,清冷彻骨,也无土炕与暖气可享。于是就有了这样的调侃,说北方过冬有暖气,而南方人抗寒只能靠"一身正气"。不过,现在也不用怕了。空调、电热油汀、电暖炉、暖手宝、保暖贴、电热毯、地暖……各种取暖设施,应有尽有,名堂之多,一时半会儿还真难以说全。于是,南方人也不用怕冬天了。

那以前怎么样呢?以前,人们也照样有办法。汤婆子、铜火炉、盐水瓶、热水袋等宝物一一登场,又别有一种风情。

先从汤婆子说起吧!汤婆子渊源不浅,我们的老祖宗老早就发明了这个宝贝。何以见得？有诗为证：北宋文学家黄庭坚就有"千金买脚婆，夜夜睡天明"的佳句；元末明初的文学家瞿佑，更是传咏了名句："布衾纸帐风雪夜，始信温柔别有乡。"看起来，从古至今，汤婆子一直是过冬的随身宝物。

汤婆子圆圆扁扁的，如南瓜状，平底圆肚，一壶沸水冲下去正好。晚上烧一壶热水，灌下去，拧紧盖子，睡前塞入被窝里，待两脚伸入，暖意从脚而起，进而走遍全身。即便是窗外大雪纷飞，又有何惧？大人们常常会用绒布做个袋子，将汤婆子包起，防止小孩子烫伤脚。父母之爱子女，无微不至，这份暖意与汤婆子的温暖一起被久久传递。

汤婆子的材质一般是白铜或者黄铜，过去还有锡制的，故又称"锡夫人"。再有一种比较不多见，就是陶制的汤婆子，据说民国时就流行，连盖子及螺纹口均是陶瓦的，每次旋盖时都会发出"咕吱咕吱"声，外施一层褐釉或黑釉，缺点是极易碎，不像铜汤婆子那样耐用。江南地方女儿出嫁，汤婆子是陪嫁之物，自古而然。在如今的生活条件下，汤婆子虽说已"英雄无用武之地"，但作为父母对出嫁女儿的不舍和关爱的象征之物，一对铜质汤婆子是绝对少不了的。那为什么叫作汤婆子呢？在我看来，汤婆子温暖、亲切，它在寒夜里给人的暖意与慰藉，不正像祖母、母亲的爱吗？

第二件宝贝就是铜火炉，分脚炉与手炉两种。脚炉大，比脸盆略小，分炉体和炉盖，炉盖镂有很多小圆孔；炉体上还有一个拎环，环宽约略寸许。做饭时，从土灶膛里掏出几块还未燃尽的木柴，放进铜炉里，再蒙上一层草木灰。草木灰既能让木柴慢慢地燃烧发热，又能保证烟雾不从炉内升起，免得呛人。冬日暖阳下，老头子、老太太、小孩子们偎坐墙脚根下，火炉摆在身边，穿着棉鞋的脚踩在火炉上，慢慢享受。老太太们手里抓一把瓜子，家长里短；老头子们则常常从腰带上扯出旱烟管，吞云吐雾；小孩子们却是坐不住，没法静静享受，他们纯阳之体，自不畏冷。而手炉则比脚炉小很多，形制如一个饭碗，取暖的方法同脚炉。但手炉不常见，可能是因为容易烫手，比较难伺候吧。而现在，不论是脚炉还是手炉，都几乎见不到踪迹了。有一年，在安吉某农村文化博物馆里见过它们，"故友"重逢，眼里有点热。

至于用盐水瓶泡上热水来取暖则是"因陋就简"的智慧。以前医院里看病打吊针，生理盐水都装在一个个厚厚的玻璃瓶里。病人打完吊针后，这些玻璃瓶就可以"再利用"了。清洗一下，灌上热水，就可以用来暖手暖脚，还不用担心水会漏出来，因为瓶塞都是橡胶做的，橡胶瓶塞一塞，严丝合缝，滴水不漏。于是，医院里这种盐水瓶成了"抢手货"，很难要到。大号瓶子是500毫升容量的，可以用来暖脚；小号瓶子是250毫升，灌上热水，握在手里，非常受用。不过，盐水瓶也有个"致命弱点"，灌水时一定要当心，不能把瓶放在金属或者石质板面上，否则瓶底容易碎，用我们的土话来说，瓶底被"激"碎了。究其原因，可能是温差太大，引起玻璃碎裂了，所以最好放在桌子上或砧板上，木性温和，瓶子不会碎。

后来人们就用上了热水袋，永字牌，上海货。二十世纪七八十年代，上海货就是金字招牌，质量过硬，大家信得过。我家备了两个，母亲还专门给我买了一个小小的热水袋。她教会了我如何正确灌热水，还提醒我一定不能忘了把那股热气放出来：拧上盖子，不用拧实，双手抱住袋子贴在胸口，轻轻一按，那股气流"嘶嘶"地往外钻，最后再拧紧盖子。如果那股热气留在袋里，热水袋鼓鼓囊囊，反倒容易弄坏。说到热水袋，想起了梁实秋先生的一篇文章，文中写道："有许多女人怕发胖而食无求饱，营养不足，再加上怕臃肿而衣裳单薄，到冬天瑟瑟打战，袜薄如蝉翼，把小腿冻得作'浆米藕'色，两只脚放在被里一夜也暖不过来，双手捧热水袋，从八月捧起，捧到明年五月，还不忍释手。"梁老先生还真的是会调侃女性同胞，但不必当真。梁老先生嘴巴上是这么说，可行动上对女同胞还是很尊重的，你看他对爱妻不是疼爱有加吗？

据说，梁实秋先生一向是晚八点就寝，早五时便起床散步，然后去老地方吃早点，吃罢买上几个他夫人爱吃的糯米团子回家，回到家再给夫人榨一杯橙汁，放在她的床头，让她一觉醒来就可以喝到，提神健体。对夫人如此体贴入微，那要是梁夫人也是喜欢"美丽冻人"，那么彼时的他会不会立马灌好一个热水袋双手奉上呢？

又是一年地藏香

这个夏天,暑热不依不饶,不见一丝风,不见一点雨,每一天,人们似乎在铁板上"烤"着过日子。

母亲前几天就在念叨了:七月三十快到了,又要插地藏香了。往年到这个时候,老天总会来一场雨,雨水把地浇透,香插起来就轻松多了。老底子啊,这场雨叫作"地藏宝"!

果不其然,这天下午,一阵接一阵的雨如约而至,晚饭时,下得最勤快。我似乎听到窗外的地面像个渴汉一般,贪婪地吮吸着雨水,喝得透透的。晚饭后,雨停了,风也凉快。赶紧趁着这个时候插吧,母亲在神龛前将一把香点燃,交予我手。我跑到单元楼下,湿润润的土地正静静地等着我。一根根香,轻轻松松地插进土里,连成一线,汇成一片。夜幕渐次拉上,黑色大幕映衬下,星星点点的香火,像天空里的星辰,闪闪烁烁,忽明忽暗。

眼前的情景，自然而然将我的思绪带到了城南街上，外婆家就住在这里。这一天，是街坊上孩子们的节日。吃过晚饭，他们就在巴巴地等天黑。刚一擦黑，大人们就把一把香点上，小孩们欣然领命，手握一大把，一根一根地往屋前的空地上插，也顾不得燃起的香烟把自己熏得泪水涟涟。小伙伴们好像都约好似的，一家的孩子出来插香了，另一家的也连忙跟上。整个街坊上，一排小毛孩，一排香火。待得插完，便可欣赏起这处奇景了：小街悠长，家家门前燃着一个个幽幽的亮点，一个个亮点连成一线，放眼望去，似一条细细的火蛇一般蜿蜒盘曲。这是一年一遇的美好景致，对于充满好奇心的孩童来讲，也实在是一次难得的新奇的体验。于是就结伴巡游，一家家看过去，评头品足，讨论谁家插得最好看。

除此之外，此番巡游还有一个"不可告人"的目的，那就是收集香棒，看谁家的香火燃尽，就可以蹲下来拔起香棒当作自己的战利品。最后大家伙儿又要比拼一回，看谁收得最多，若是两手里都是满满一握，那肯定是今夜的"王者"，引来一阵阵啧啧的赞叹。而接下来，还有一个节目，香棒可以用来玩一个叫"挑棒棒"的游戏。路灯下，各自手握一把香棒，手撒开，棒棒在地上散开，一人手握一根小棒，把四散叠在一起的香棒一根根挑起来收回，但不能动到或碰到其他的小棒。一旦失手，就要换另一玩家。谁挑回的小棒越多，谁就是赢家。一场比赛下来，总有胜利者，也有落败者。落败的人也总是不甘心，继续向远处进发，去寻找更多的香棒，准备东山再起。一直要斗到大人们来喊其回家睡觉，方肯罢手。第二天，还有人会把香棒带到学校里接着玩。快乐就是这么简单，哪怕是一堆小棒，也能玩得不亦乐乎！

除了插地藏香，家家户户还会在门口摆个小桌或者方凳，燃起一对蜡烛，供上一碗净水。小孩子游玩回家，大人们一把把小孩拉过来，蘸点清水给孩子洗洗眼睛，据说可以让眼睛清亮。我外婆每次都会给我擦，一阵凉意闪过，似乎眼前一亮，美好的寓意就从心底油然而生了。此情此景如在眼前，时序匆匆，几十年很快就过去了，而这股凉凉的感觉似乎一直还在。

这一晚，除了祈求地藏菩萨佑一方平安以外，我们这里还有一种说法，七月十五中元节，阎罗大开地府之门，各路鬼魂纷纷要回家看看；而假期到七月三十为尽，家人要送先人们回程，点上一对蜡烛，插上一路线香，为他们一路送行，也盼他们能保佑后人平安和乐。星星点点的亮光中，先人们渐行渐远；慢慢地，亮光熄灭。今年七月，外婆度百岁而去，插地藏香的时候，老人家会不会回来看看我们呢？明年呢？

桥

崇福南门有两座桥,一座很有名气,叫司马高桥,大凡镇上的人都知道;另一座没有名气,叫竹行桥只有住在附近的人才熟悉它。

一东一西,两座桥架在了河流的两头。这条流经城南街的小河"系出名门",听老人们说,它就是当年京杭大运河的一段,但是我却没有办法寻觅出它当年的辉煌。倒是两座桥曾走入我的生活,感受非常真实。

竹行桥几经变迁,先前是一座小石桥,没有栏杆,只两头有七八级的台阶,底下两个桥墩子,窄长的几块条石铺在上面,连接两头,条石之间还铺了几块方方正正的桥面石。乃是江南水乡最平常不过的石桥,它是城南四乡八村农民们进城的必经之路。每天天未亮,桥上便传来农民们说笑的声音,他们的脚踩在松动的桥面石上,发出"咚咚"的响声。住在桥边的人家躺在被窝里,就可以清楚地听到，在寂静的清晨里传出很远。

江南的冬天湿冷，一场雪，一场雨，石阶、桥面上的雪积得厚厚的，冻得梆梆硬，人踩上去，稍不留神就会摔跤，而且桥上没有栏杆，非常危险。

竹行桥南堍下住着一户曹姓人家，四世同堂。老祖宗八十多岁了，小小的个子，花白的头发，腿脚却还很利索，每天在街坊上走来走去，一脸微笑。戴一副深度的近视镜，镜片圆圆的，衬得老人家的笑脸就更圆了。在一个清洌的雪天清早，我准备上学去，一出门，就看到桥面上有个矮小的身影，手里握着一把铁锹，身边还躺着一把竹丝大笤帚。他使劲地用铁锹剁着冻硬的雪块，发出"嚓嚓"的响声。待我走上桥时，桥中间一条窄窄的通道已经铲成形了。老人家拄着铁锹柄，眼睛透过厚厚的镜片，笑得圆圆的。那天，他穿着一件灰黑色的棉袄。老人家已作古多年，但镜片后圆润的笑容却还在我的心间。

后来，石桥拆了，改为一座铁桥，桥一边有栏杆。说是铁桥，其实是一个大铁架子，桥面上还铺了一块块长方形的水泥砖。这时，过桥的自行车多起来了，为了上下的方便，台阶的两边干脆砌上水泥，形成两条光滑的通道。这样，自行车上下就自如多了。石桥时代的夏天，可是少年人焕发活力的季节，我们最伟大的举动就是从桥上向水里跳，溅出一个个大水花。而铁桥修成后，我们会骑着自行车，在窄窄的桥面上飞驰而过，顺着两条水泥通道快速地从桥上冲下去，嘴里一阵欢呼，宣告又一次冲锋成功。而有段时间，我总想着在此基础上有所突破，想骑着车从桥堍沿着通道冲上桥面，但毕竟"动力"不够，若干次的试验最后以失败告终。再后来就不存此念头了，只满足于享受着冲下桥时那一刻的快意了。

  长大后，大家也曾利用桥来捉弄人，最有趣的一幕发生在正月里。那时，小孩子可以拿到一个个红包，揣在裤兜里，钱不多，足够快乐一阵了。不过，也有乐极生悲的事发生，有人会把红包弄丢，那肯定是伤心透了。然而，有人竟从这里得到了"灵感"，用一张红纸叠成压岁钱包的样子，悄悄地放在桥边，人却躲在一边看着，这一群人中当然也有我。眼见着一个人从桥上走下来，一道鲜艳的红色扑入他的眼帘，先是一愣，然后疾步上前，弯腰拾起来，迅速地将红包放入衣袋里，再走上几步，到一个僻静的角落将红包打开，打开的结果可想而知，悻悻地将红纸一甩，嘴里还骂上几句。看着拾包人的惊喜、神秘、失望，我们用手将嘴巴包住，生怕笑出声来，再遭人骂。现在想来，不免有些促狭。不过，谁年少时不曾有过点荒唐事呢？

春游苏州

已经连下三个月的雨似乎还"余兴正浓",殊不知早已招人嫌了。时而淅淅沥沥,时而淋淋漓漓,却也挡不住春天已在暗暗地积蓄力量。这不,你看这几天,雨的幕布"哗啦"一下就被扯去了,春天便大大方方地来了。

被雨"折磨"了许久的人们走出门去,在春日暖阳下,抖落积了一冬的霉味,痛痛快快地游春、踏青、赏花、识香。

于是乎,我便想起了初中时的一次春游活动。1985年的那个春游的好消息是在下课时宣布的,同学们在教室里炸锅了,引得在草地上打滚的我们迅速跑回教室,再次从笑吟吟的班主任周老师嘴里确认了这个喜讯,目的地——苏州!

幸福在一周后来临了,以班级为单位,排队前往轮船码头,坐"苏杭班船"出发。那时,苏州与杭州之间有一班轮船，下午从苏州或杭州出发，经过漫漫一夜，第二天一早便可到达。向晚时分，我们上了船，看着沿街的景象向身边退去，看着轮船前进的浪花扑向岸边，看着天渐渐地沉入黑暗，抑制不住内心的兴奋。夜的静谧，被我们的喧闹撕成了碎片。一群少年生机焕发：打牌的有，推搡的有，唱歌的有，吃东西的有……有一位同学，索性躺在相邻的两排椅背相靠的地方，晃动着四肢，大呼小叫，惹得大家狂笑。老师也不阻止我们，只是呵呵地笑着说，你们现在像打了鸡血似的，等明天回来，不知道能不能这样精神？

到苏州码头的时候，才早上六点半左右，河面上的雾气还没有散尽。老师说，自己在附近买点吃的，填填肚子。见有一家早餐店，我进去买了一碗馄饨。昨日临行前，母亲给我换好了全国粮票，说到了江苏，浙江省的粮票就不能用了，要用这个全国粮票。我把那张一斤面额的粮票和钱递给了门口收账的，他找了我八两江苏粮票。他应该找给我全国粮票才对呀？我本想问他，看着他不咸不淡的眼神，第一次出远门的小孩子，胆小，不敢问了。拿着领餐券和粮票，乖乖地去吃我的馄饨了。自此，这八两粮票跟着我，离开了它的故乡，来到了陌生的地方，一直静静地躺在抽屉里。直到某一天，粮票不必再使用时，这几张窄窄的小票子也识相地不见了。其实,真该把它们留下来做个纪念。

这一天,长长的队伍在苏州的几个著名景点里晃悠。狮子林里的假山真好玩,穿来穿去,像走迷宫一样。西园寺那只大铜龟,眼睛瞪得大大,嘴角有点气咻咻,长相有点凶。寒山寺不大,门口那座高高的石拱桥,是不是那座"枫桥"?没到夜半,当然听不到钟声。到了饭点,寒山寺旁边的小饭店里卖的饭真好吃,一个大盆子,打上饭,浇一勺蘑菇炒肉丁,还有很多胡萝卜丁。第一次知道这叫"盖浇饭",价格也适宜,一大份,才一块二毛五分钱,而且不用粮票。在西园的纪念商店,我还买了一个小小的竹笔筒,两寸左右的口径。时至今日,它还忠实地站立于书桌一角,上过清漆的筒身还泛着油光。

一天很快就过去了,早晨送我们来的船依旧接我们回家,一群人乱哄哄坐上了船。船开出不久,前方开阔的水面上出现了一座长桥,引得大家啧啧称奇。只见它如同一条飘带似在水面铺展开去,一个又一个圆拱柔和地与水面相接,看着令人心情舒畅。老师说,这就是著名的"宝带桥",顺着桥身向南北延展开去的水上石板路,就是以前拉纤用的"纤道"。等欣赏了宝带桥的美景后,天也暗了。果然被老师说中了,前一晚的折腾,大白天的游来逛去,现在船舱里一片沉静,一个个相继去见了"周公"。

不过,有一个"周公"还是惹了点小小的麻烦。第二天清晨回到小镇,各自散去休整。下午返校学习,一个消息传开了。隔壁班回来少了一个人,一位姓周的同学。狮子林派出所已经打电话来了,这位周同学将由派出所的公安叔叔坐下一班船送来!原来,他在假山时犯了迷糊,坐在某个隐秘的角落里睡着了。

还好,只是虚惊一场!不知道这位周同学在三十多年后的春天里,在人到中年之后,还能否记起自己少年时的这次"历险"呢?

洗澡记

三十多年前，生活条件远不如现在，一到冬天，洗澡一事就犯了难；夏季则不用操心，门前的运河便是天然的大澡盆，一帮小屁孩每天都会泡上半天，直到大人一催再催，才心不甘情不愿地上岸来。那时也不必担心水质，家家户户淘米、洗菜都在这里，还每天挑上水来倒在大缸里，放点明矾，待水底上出现絮状的沉淀物，大人们用竹筒吸去，说，水可以喝了，做饭、烧水、洗脸都从缸里舀水。

春秋两季，也还可以勉强对付，烧壶热水，倒脸盆里，羼点冷水，随便往身上抹一抹就是了，可冬天就难了。江南的冬天又湿又冷，寒气直钻到人的骨头缝里，要再端个脸盆在室外洗，还不冻死？

那该怎么办？好在有一大帮子同学，好多同学的父母都在镇上工厂里上班。彼时镇上工业发达，国营的、集体的，都有。大的上千号人，小的也有几十号人，拥有几百名员工的中型厂也有十几家，而稍有点规模的厂里都设有浴室。于是，我就跟着同学去厂里洗澡，准确地来说，是蹭澡。去的最多的是化肥厂，那是全镇一等一的大企业。不过，去化肥厂里洗澡，要闯过重重关卡，大门是第一道。我跟在同学身后，门卫多半知道同学是谁家的孩子，而对我则再三盘问，我小心地回答着他们的问题，不敢迎接他们的目光，我觉得他们的目光像康大叔，被他们的目光一盯，人顿时矮了几分；同学则向他们说明情况，他们也就卖个人情，大手一挥，让我们通过，第一道卡算是过了。走在门卫室到浴室的路上，心想，要是我也是工厂的子弟，那该多好！到了第二道卡，管浴室的人也要问几句，他靠坐在门帘边的凳子上，眼神懒懒地递过来，你们几人呀？某某某，以后少带同学来啊！厂里浴室可不对外开放。说是这样说，还是让我进去了。化肥厂是农业丰收的后方基地，化肥统购统销，皇帝的女儿不愁嫁，化肥厂工人地位高，镇上的姑娘要是能嫁给化肥厂工人，全家脸上有光。化肥厂的浴室也修得气派，地方大，一排排储物柜，还有几十个淋浴龙头，我们叫之"莲蓬头"。里间更有一个大池子，热水翻卷，爬进去泡一泡，浑身舒坦。

有时洗完澡，同学顺便带我去厂里的花园看看，我也因此结识了苏爷爷，厂里的花匠。苏爷爷人不高，瘦削的脸廓,棱角分明,目光明净,一对长长的寿眉,边角向上飞扬,人特别精神,也和蔼,领着我们参观,给我们讲识花、养花的知识。那时化肥厂的菊花特别有名,有好多品种,什么"金盏""绣球""凤舞",都在苏爷爷的指引下认识了;还有幸结识了名贵的"墨荷"。它们都长得很好,看得出在养花这方面,苏爷爷下足了功夫。后面一次作文,我就以化肥厂的菊花为题材写作,得到了老师的嘉许。从此,我就喜欢上了作文。可惜没过几年,就听说苏爷爷过世了。我心里很难过,每每想起他,苏爷爷坐在小椅子上,手捧花球,眯着眼睛,笑意盈盈的情景犹在眼前。化肥厂花圃全县有名,尤其是菊花,好多品种在赏花大赛里得过奖!

除了化肥厂,我们还去过镇上其他厂,就像《社戏》里双喜说的,偷豆也不能光在一块地摘,得各处都匀一点,这样就看不出来。所以,镇上有浴室的厂,我们几乎都光顾过。皮毛厂、丝网厂、缫丝厂,都管得不严,蹭澡都快蹭得心安理得了。除去有一次在水泥制品厂,起初进去时并不见管浴室的人在,待洗完出来,此人已经回来了,见到几张陌生面孔,雷霆震怒。我们见状不妙,拔脚就跑,他在后面追,我们跃上厂区中间一堆高高的石子堆,他也跟着上来,想不到一个趔趄,摔了个嘴啃泥,不,嘴啃石子，等到他爬起身来，更是气得哇哇乱叫，两个手臂在空中挥舞，但最后也只得目送我们绝尘而去，自那之后，我们是再也不敢去那里了。

不过，美好的日子也没有持续几年，眼见着一家接着一家的不景气，工人也一个个下岗了，即便是撑着的厂子，日子也过得紧巴起来，市场经济的大潮一打来，波澜不惊的日子终将过去，当然，曾经热气腾腾的厂办浴室，也不会再让我们去占它的便宜了。

洗澡可以去的似乎只有镇上的公共浴池了，人称之为"混堂"的地方。大运河把小镇分为东西两岸，一座春风大桥连接其间，西侧桥堍不远处，门脸朝东，一扇小门，穿门而过，里面就是公共澡堂子了。当时好像有这样一种观点，公共浴室是年纪大的人和一些成天无所事事的人该去的，一壶茶，一顿"白谈"（聊天）就可以消磨大半天时光。鉴于这样的观点，大人们不大赞成我们去。

外面天寒地冻，里头温暖如春，兼又可在大池里泡得浑身起酥，所以冬天的公共澡堂人满为患。热气缭绕的大堂里，一个个老底子的箱式床分列四周与中间，一个箱式床好比飞机上的头等舱，一个个分列开来，洗完澡的人们都躺在其中闭目养神，也间或有鼾声如雷起。大堂里有几个年老的师傅，也偶尔有一两位年轻的，他们手持长长的衣叉，把顾客们的衣裤挂在靠墙而设的钩子上。这些钩子钉在高处，人即便是站在床上伸手也够不到，如果要取衣物，必须先亮出竹签子，对得上号，师傅才会帮你取下来。这实在是防盗的好办法，比储物柜安全多了。可是，现在的浴室是见不到这样的情景了。

这些师傅，除了挂取衣物以外，他们都有一手绝活，修脚、搓背、按摩，样样精通。自古称扬州有"三把刀"，其中一把是修脚刀。这些修脚师傅多来自扬州、镇江、靖江一带，少年时四处飘荡，到一个地方后，辛苦谋生，最后落地生根，祖辈传下来的活计相伴终生。浴室有个光头老爷爷，伛偻着背，干起活来，手脚不停。他说自己已经在镇上生活了五十多个年头了，不过一张嘴，还是满口的苏北腔，乡音未改鬓毛衰啊！而现在，浴室里从事这个行当的师傅，也还多半来自上述地区，手法依然纯熟，所不同的是，便利的交通让他们每年可以作"候鸟"式迁移。一过十月，浴室生意红火起来了，他们就会过来，明年四五月间，生意日见清淡，他们就各回各家，各找其他的一份活儿去做了。艺不压身，有一身本领在手里，下半年又可以挣下不少辛苦钱。周而复始，扬州"三把刀"的功夫长青不败。

这间国营浴室其实并不大，里间只是长方形的池子，浴客们一个个赤条条地缓步入于其中，热水浸泡，待到泡得通体发红，有人就会喊师傅搓背。躺在一张木床上，正面，背面，脖颈处，让师傅好好地用力擦擦，擦去久积的污垢，一个个神情作惬意状。后来，待我自己成人以后，也叫师傅帮忙"加工"，果然是通体舒畅，精神百倍。难怪当年苏东坡在泗州雍熙塔下的澡堂洗澡搓背以后，挥手写下《如梦令》一首：

水垢何曾相受，细看两俱无有，寄语揩背人，尽日劳君挥肘。轻手，轻手，居士本来无垢。

词风诙谐幽默，理趣皆备，想必是搓澡以后，身心俱佳而来的妙手之作。苏学士洗澡所在的泗州就在如今的扬州一带。自古扬州地处运河要津，南北通商，物阜民丰，特别是明清两代盐商尽会于此，所以市井生活样式丰富多彩，造就了独具特色的洗澡文化。扬州人上午"皮包水"，下午"水包皮"，早上喝壶早茶，干丝汤包，下午泡泡澡堂，修脚搓背，日子过得轻松自在，将淮扬世俗文化点染得活色生香。一方水土养一方人，独特的扬州风格，一切与水有缘。

而我国西北，干旱少雨，又缺地下水，农村人主要靠修建水窖储存雨水,才能让人畜喝上水,洗头、洗澡实在是奢侈之举。那里的人们说媒和亲,先要打听男方家里有几口水窖,要是有好几口,女方家长便会一口应承,女儿嫁过去不愁没有水喝。反之,家长们就要寻思几番,后面的故事往往就很难再写下去了。饮一瓢水,便是天堂,艰苦的自然条件实在不能让人痛痛快快地"干净"一番。谁不爱个干净,有时真的是没有办法,也更不必以此为引子,嘲笑那里的生活方式。当然,随着生活水平的提高,那里的情况也肯定有了巨大的变化,这种苦涩的滋味渐已成了过去。

东西南北,说今道昔,不论是古罗马帝国贵族创立的洗浴文化,也不论是奥斯曼土耳其时代遍地开花的浴室,更不论是"春寒赐浴华清池,温泉水暖洗凝脂"的杨贵妃,还是苏大学士泡澡堂后的随性小作,或是一个少年的蹭澡之旅,背后都流淌一股热腾腾的水。清代光绪年间进士、北洋政府总理熊希龄,曾在南京汤山温泉写下楹联一副"客至挥汤为浴德,泉生温室自留春",在他看来,沐浴汤池不仅可以除污去垢,更有洗涤心胸、去除杂念的自我修养之法。《礼记》上说"儒有澡身而浴德",此言极是,人不但需要除去身体上的污垢,思想上也经常要"洗一洗",君子日参省乎己,以求知明而行无过,对自己,对别人,对社会都有大益处,这也是一种洗澡。

夏日四宝

时令过了白露，才真正算是告别了夏天，"白露身不露，赤膊当猪猡"。过了这个节气，就不能再以度夏的样子示人了。

今年夏天，老天算是格外开恩，没有去年连续十几天四十度以上的高温，但三十六七度的气温也是让人内心焦灼。好在有风扇，有空调，可以换得一时清凉。可要是断了电，那日子可就难过了，大家纷纷叹道，要是现在没有空调，这日子简直没法过！

此话不谬。可空调的普及也就近一二十年的事情，那以前的盛夏酷暑又是怎么走过来的呢？不妨把老皇历翻到二三十年前，那时过夏天，人们有那么四件宝贝——钵头茶、大蒲扇、乘凉饭、竹榻床。四件宝贝齐上阵，安然度夏没烦恼！

钵头茶

钵头茶，顾名思义，是泡在钵头里的茶水。何谓钵头，即粗制的碗状陶器，但一般都比碗高深。现在很少能见到了，而以前呢，这个可是家家户户厨房必备之物件，大大小小，深深浅浅，三五个算少，十来个不多。汤汤水水，都可以往里头放，谁家也少不了它。

估计自古就有这样的智慧，夏天一来，往一个大钵里撒一把茶叶，节俭的人家则常常倒一点茶叶末子（茶叶碎渣，专门有售），煮开一壶水，倒入钵里，热水翻腾，茶香四溢。但此时还不可饮用，待其凉透，才能饮用，亦可称作"凉茶"，当然这迥异于考究的"广式凉茶"。

这一钵茶水常常放在屋里的大桌子上，盖一个纱笼，旁边放几个小碗，想饮时，便可舀起一碗，咕咚咕咚地灌下去，实在是快意！尤其是放学、下班或做工回来，一身的暑气，一碗凉茶下去，暑热都已经消去一大半。

要是到了农村里，这一大钵的凉茶则经常会放在屋檐下。一条长条凳，一张小桌子，拿着草帽盖着，边上一摞碗，待从田里回来，身上的汗水早被透发了几回，嗓子眼里都快冒出烟来时，看到家门口这样一钵茶水，哪个不三步并作两步赶将过去灌个痛快呢？当然，路过的人要是渴了，也不用客气，自取饮之便可。主人见了也不会恼，大热的天，喝口茶有什么呢！

农忙时，早起到天黑，一天都扎在田里，饭食都要送到田间地头，其中当然也少不得这钵茶水。家在农村或者曾经生长在农村的人们，想必对这钵甘甜的茶水记忆犹新吧！"妇姑荷箪食，童稚携壶浆，相随饷田去，丁壮在南冈。足蒸暑土气，背灼炎天光……"一钵茶水，恰是故知，晨昏忧乐，每每相伴。只可惜如今喝不到这样"豪气"的茶水了。

大蒲扇

"轻罗小扇扑流萤"的团扇有富贵气，"巧样翻腾，叠作湘波皱"的折扇有书卷气，而蒲扇则最具草根气。寻常巷陌，平头百姓，男女老少，几乎是人手一把，不论是走来走去，还是静坐闲谈，扇不离手。吃饭时，蒲扇也是放在桌边，吃几口，拿起来扇扇凉风；有人或干脆一手用筷子扒饭，一手不住地摇动扇子。

傍晚，吃罢晚饭，照例是每天的纳凉时间，扇子更是能派上大用场。天一擦黑，蚊虫嗡嗡地四处乱飞，这时，运起手里的大蒲扇，左拍拍，右打打，特别在腿脚处，啪啪几下，蚊虫就近不了身。大点的孩子们，则是将扇子当作玩具，用作两相"厮杀"的武器也好，权作"奔跑"的车轮也罢，反正一把扇子到了孩子们手里，花样百出。丰子恺先生的爱子丰华瞻不是有一辆用大蒲扇做成的"脚踏车"吗？

而老人们呢，他们搬把椅子坐下，除了给自己赶蚊子以外，更多时候是打起凉风送给小儿郎们：坐在儿孙们的身后，轻轻地摇动大蒲扇，眼睛里摇曳着慈爱的光芒。更妙的是，晚上睡觉时，老人们的扇子还是会"动"！一旁是酣睡的儿郎们，一旁是似睡非睡的老人们守着，待小儿郎们因燥热而像条大虫般扭动时，一股凉风便会适时送到，小儿郎们重又睡得安稳了。我就有一阵子很纳闷，怎么外婆老是会在我热得快醒来时，手里的大蒲扇便会轻轻地摇起来，外婆在睡梦中怎么会知道我热得难受呢？

乘凉饭

午觉醒来，家主婆们就开始烧粥，守在一边，防止粥汤满溢出来。等到米烂汤紧时，便大功告成。人少的家庭，则点个煤油炉，用个小钢精锅就够了，用不着"兴师动众"。

然后就是把粥盛起来，一碗、两碗……放在桌子上，为了防苍蝇，还得盖上一个大罩子。半个下午的时间，足够凉下来。待晚饭时分，粥面会凝起来，形成一层"粥油"，这时候端起碗来喝，根本不用什么小菜，稀里呼噜，三五口，一大碗就下肚了。当然要得这样的好粥，烧粥人的手段也应该是了得。也许有人要说，烧粥还不简单，抓一把米，多放点水，猛火烧开，文火慢熬就是了。话是这样说，可其间的奥妙有时还真是"只可意会，不可言传"。对于手段高明的主妇来说，如此好粥轻而易举。而手段一般或临时客串的人，却往往烧不出这样的品相，这时会听到几句家人的揶揄，烧得稀了，就会说：呀！今天的粥，真可以照得出人影来了；或是，呀！今天的粥，可是要跳下去捞的！烧得稠了，常会收获如下的"表扬"：呀！今天想喝粥，结果还是吃到了饭；或是，好！好！迟来和尚吃厚粥，福气好！烧粥人也不生气，嘿嘿一笑便了，这个粥照喝不误！一碗这样的粥下去，肠胃熨帖，暑气全无。

太阳落山。上学、上班、做活的人也回家来了，一头尘汗。街面上也稍微起了点风，可屋子还像蒸笼一样，团团热气像一组组合拳，打得人喘不过气来。还是外面稍微凉快点！立起一张折叠小桌子，大人小孩齐动手，一碗碗粥端上来，一盘盘菜端出来，小凳子、小椅子也围成一圈。一家人坐下来，乘凉晚饭开吃。张三家出来了，李四家也出来了，王五、赵六家也纷纷亮相。一两碗凉粥，佐以咸菜、腌黄瓜、咸鸭蛋或者腐乳,还有点中午的剩菜,"哗啦哗啦"几口就下肚了。很少有人家晚上炒菜吃,烟熏火燎的,还不得把人闷死!

这时,最开心的当属小孩子们。一条街上的人家都在一起吃饭,他们可以到处游走,端着碗,邻居家、小伙伴家,哪里不好蹭两口好吃的。虽说是差不多的菜品,可是吃人家的,就是较好吃。同时又可以约一下小伙伴,晚上去哪里玩,或是去谁家看电视,当时那个电视剧《射雕英雄传》真好看!

竹榻床

吃罢乘凉晚饭,一天里最后一出大戏会如期上演。主妇们清洗着锅碗瓢盆,其他人则准备着纳凉的家伙什,先到河里拎一桶水上来,浇在门前的地面上,晒了一天的泥地贪婪地吸吮这甘露,发出"呲呲"的声音。待水分全部收干,就可以把家里大大小小的家伙搬出来了,这家几把竹椅子,那家一张草席子,一件件纳凉"神器"纷纷登场。不过,其中最灵光的还得是那张大竹榻,一张睡了几十年的竹榻床,浸透了几代人的汗水,泛出岁月沉淀的油光,别说摸上去了,就是看上去,一股子凉意就油然而生。

竹榻床架在场地上,能享用的人多半还是孩子们,躺在竹榻上，大人们坐在身边，大蒲扇不住地摇着，"天狗吃月亮""牛郎织女鹊桥相会"……一个个古老的故事，从扇子里"摇"出来，伴着小儿郎们沉沉地睡起。大人们会把孩子们抱回屋里，放到床上。在夜色的浸润下，屋里不会再像先前那样酷热难耐了。

即便是再热的天气里，大人们总是交代孩子们，睡在竹榻上，最好穿件汗衫，背心也行。竹榻实在是凉，躺在那里，寒气会从背上进去，明天会拉肚子。但是，孩子们最贪凉，没几个能做到，直到在腿上的皮肤挠一下，出现一条长长的白印子时，才会想起那句话：白露身不露，赤膊当猪猡……

荡船

用胳膊抓住船舷边的旧轮胎,让身体随船体一起前进,任水流哗哗地从身边流过。这样的举动,在崇福土话里,叫作"荡船"。

外婆家门前的运河古道,河水缓缓流淌,安安静静。而一到夏天,这里便喧闹起来了。

才吃罢中饭,一个个少年从老街各个角落里钻了出来,一字儿排开,齐刷刷地坐在街沿石上,也不管石头已经被晒得滚烫滚烫。他们在等待一个神圣时刻的到来。

大人们交代过的,等太阳的影子盖住最下边的一块街沿石时,就可以下河了。于是,他们都眼巴巴地看着太阳移动的脚步,恨不得将太阳一把推到西面。

"到了,到了,晒到了!"其中一人喊,站起身来,直冲到河埠头的平台上,纵身一跳,好大一个水花!这个水花掀起了后续的一阵狂潮,胆大的直接跳进水里,胆小的走下几级石阶，向河中心扑将出去。

其实，太阳根本还没有晒到那块街沿石上呢！管他呢，反正大人们都已经上班去了，或正在竹榻上酣眠，哪里管得到啊？

一时间，河水欢腾，众生欢喜。

少年们总是花样百出。时间长了，觉得老是待在这条小河里扑腾不够意思，目光穿过司马高桥高高的圆拱向西看，那里河道宽阔，船来船往，实在热闹。池塘里的"小蝌蚪们"开始了远征。

此去路途不近，光靠自行前往显然体力不够，一个个瘦猴似的，根本没啥力气。但是总有办法可想，来往的船只可以捎带一程，于是就有了我们称之曰"荡船"的壮举。两边船舷都挂有几个废旧轮胎，是为防靠岸撞坏船体之用。而这会儿，却成了少年们的利器。等船开过来，一拥而来，伸手抓住一个轮胎，水流划过身体，身体被托举起来，漂于水面，好不轻松爽利！

不一会儿，就到了运河主道里。好家伙，这河面要用两眼才能看到对面；好家伙，来来往往的船只如过江之鲫。有开得飞快的机帆船，有缓慢前进的手摇船，更有一字长蛇阵排开的运输驳船队，前头一只拖船，后边跟着长长的一串。这些船装得货多，吃水很深，是我们最喜欢荡的对象，把身体吊在船边，上北下南，随心所欲。吊累了，就干脆爬上船去，在船上溜达一会儿。船老大们向来是不欢迎我们，常会过来驱赶。我们也不惧，"扑通、扑通"跳下水去，换个方向再去找一条船，来去自由。

也有些少年不喜欢这样的拖船，嫌速度太慢。他们总喜欢玩点刺激，于是就找那些船艄处装着柴油机，船身又小巧，开起来飞快的水泥船，一路在水里劈波斩浪，认为这样比较过瘾。不过，有时也会乐极生悲，就有那么一次，有个小伙伴的短裤竟然被冲走了。没办法，他只好游到近岸处，在水里泡着。而我们呢，一路吊着船回家，到他家里拿了裤子，再一路辗转，送到他手里。后来大家也学了一招，吃一堑，长一智：如果决定今天要去吊那些快船时，另外找条细绳子，往腰里一拴，把小短裤绑得牢牢的，确保不会再有这样的糗事发生。

出状况的还远不止丢失一条短裤呢！有一次，四个小子找到一条装稻草的船，船上的稻草垛子垒得跟小山包似的，后艄两个摇船的船夫几乎看不见人，另外一个撑篙的干脆坐在稻草垛子上。稻草虽没啨分量，但手摇的船毕竟慢。我们四个两人一边，伸手攥住船帮子。好家伙，这船几乎动弹不了了，只在原地打转，把那个撑篙的人惹恼了："嗖"地就站起身来，拎着长长竹篙子往两边水里一阵抽打。见势不妙，我们赶紧溜。但我还是慢了半拍，只觉得后背一阵刺痛，像是被人从上到下划拉了一刀。等到了岸上，小伙伴帮我一瞧，果然一条很长的血口子，从肩胛处一直到腰里，还在流血。那天，我也不敢"走水路"回家了，老老实实从河沿上走。等到了家，伤口的血也止住了。换了衣服吃晚饭，也不敢告诉大人。第二天继续下水，也没有觉得怎么痛。四五天以后，又恢复如初了。

要是放到现在，肯定是上医院，吊盐水，打破伤风针，一通热闹。可我们那时，成天在外瞎晃，日晒雨淋，浑身没有一点多余的肉，倒也不见得常生病啊！大人们也忙，家里孩子多，都顾不过来。我们也乐得逍遥！只是有时实在太过分了，到天快擦黑，还有人不肯从水里起来，愤怒的母亲会扛起一根晾衣服的长竹竿子在水里猛抽，逼得他不情不愿地上岸来。小街的人们对于我们夏日里的"优异表现"，早就习以为常，像苏童笔下的苏州齐门外的某个孩子因为"荡船"而被父亲当街赏了一记响亮的耳光的事，在我们这里从来没有发生过。

太阳为了明天准时降临那条"三八线"而早早地歇息时，一个个"水鬼"趁着才起的夜色各归各家。各家的乘凉夜饭都已经端出来了，凉透了的大米粥，敲开一个口子的咸鸭蛋，还有一块块粗糙的腐乳，喂饱了一副副在水里泡了大半天的饥肠。这样，明天才会有力气继续去"荡船"。

蹭动画片

《新民晚报》上读到任溶溶的文章,言至简,情至深,大家手笔写小文章,不同凡响。97岁高龄,我们还能时不时见到他的文字,老爷子真不简单!老爷子翻译的《安徒生童话》和《彼得·潘》曾给多少孩子带去过欢乐,还有他那著名的儿童剧本《没头脑和不高兴》。看到这个熟悉的题目,我自然而然就想起了小时候到处看动画片的情景。

在我二年级的某一天上午,老师进教室来宣布下午全年级同学到镇政府礼堂去看电影《没头脑和不高兴》,当下教室一片欢腾。下午,四个班的同学排成一字长蛇阵,浩浩荡荡向礼堂进军。走在大街上,惹人注目,一同学的母亲看到了自家儿子,问,你们这是去做啥?去看动画片!同学高声地回答,生怕四周的人听不到。

礼堂不小,近两百人挤进去,屋子却变小了。当幕布上打出片名时,全场一下子就安静了下来。故事里有两个孩子，一个叫"没头脑"，一个叫"不高兴"。"没头脑"做事情丢三落四，马马虎虎；"不高兴"呢，不管让他做什么，他总是不高兴。后来他们"长大"了，"没头脑"设计了一座999层高的少年宫大楼，楼造好后，才想起忘记设计电梯了。结果大楼落成，要举行庆典。孩子们只好带着铺盖、干粮，爬了一个月的楼梯。这不但害了别人，也害了设计师自己，因为"没头脑"也参加了少年宫开幕式。看着孩子们一层层地爬楼，我们也好像真的跟他们一起在爬，呼哧呼哧喘着粗气，一边还抱怨，哪个没脑子盖的这楼啊？！后来轮到"不高兴"上台了。开幕式上有一出"武松打虎"的戏，他演老虎，本该被武松打死，可他就是不高兴去"死"，于是就与武松对打起来，倒把武松打下了台。看到这里，整个礼堂的人都大笑起来，天底下竟然有这样的人？

经过这么一出，这两个家伙知道自己错了，决定改过自新。突然他们又回到了儿童时代，原来先前他们是"穿越"了。

这部动画片真有意思，故事情节和其中的道理，我到现在，还记得清清楚楚。

还有一次，有同学打听到镇上环卫所里有架大电视机，那个周六下午会放动画片《熊猫开商店》。起初，我心里有点不大愿意去。环卫所是倒大粪的地方，臭烘烘的，有什么好去的?

不过最后还是欲望占了上风。一行五六人,找到了春风大桥堍旁的环卫所。走进院子,穿过两排停放着的手拉粪车,车子虽然已经清理干净,但还是有股异味,不过为了能看到动画片,就忍一忍吧!环卫所的电视机装在一个大木匣子里,木匣子下安着四条长长的腿,就摆放在他们的食堂里。食堂的凳子上坐满了清洁工和他们的孩子们,我们就站在一边,和他们一起看《熊猫开店》。

森林里的大熊猫开了一家百货店,动物们都来买东西。河马要买一个口罩,长颈鹿要配一条围巾,大象伯伯呢,想要一条皮带……这让熊猫犯了难,这些货都没有。可它还是驾着车,翻山越岭,到处配货,终于把货及时地送到动物们手里,它们都喜笑颜开。熊猫认真、负责的精神让人感动。

要说去哪里看动画片最方便呢?肯定是外婆家附近的汽修厂。这里就是我第二个"家",门房早就认识了。我天天跑到厂里看他们修车,认识了不少车,有黄河大卡,有苏联嘎斯,还有北京小吉普。当然主要目的还是去看电视。

也是在食堂里,一架大电视机锁在柜子里。中午饭点过后,就有人来开锁。说是饭桌,其实就是两个砖墩子上搁一块水泥板。夏天坐上去,屁股凉凉的,很舒服。坐在那里,看《孙悟空大闹天宫》就更加舒服了,当"上海美术电影制片厂"这几个字推出来时，心情忍不住一阵激动。孙悟空挥舞金箍棒，打上凌霄殿，打得个到处开花。大家看着好过瘾！而后看到他又被关进太上老君的炼丹炉，非但没有熔化，倒是陡增了几多的功力；最后丹炉炸裂，烟雾中闪出一副烟熏火燎的面孔，眼里放射两道闪闪的光芒，那个形象让我终生难忘。长大后看到了彩色版的《大闹天宫》，原来这是两道金光！

后来，家家户户都买起了电视机，可以安安稳稳窝在家里看动画片，大家就不用再到处蹭了。

现在的孩子有看不完的动画片，窝在家里，舒舒服服，真幸福。不过，我们那时也很幸福，南北四城门地打听，哪里可以看到动画片，然后就约人，多则十余人，少则三四人，一路"杀"过去，不请自到。那时像我们这样的"小团伙"还真不少，单位里的人也随和，从来不赶我们这样的"热心观众"。食堂里、会议室里、礼堂里，几十号人甚至上百号人，盯着一个不大的电视屏幕，心跟着剧情一起流转飞扬、跌宕起伏。回家路上，片里的剧情还在脑海盘旋，一路走一路美美地回味，有时还要模仿动画片的台词吼上两句，或是抡起胳膊拳头，挥舞一番，然后再在一个个路口，各回各家。

彼时，月色清明，街道静谧，大运河水缓缓流淌。

话说迎恩桥

说出来有点难为情,作为一个从小在崇福长大的人,一直不知道北门运河上的那座大桥的名字。镇上土话称之为"银鱼桥"(谐音),根据这个音,于是,我自己杜撰了这个写法——"银鱼桥"。而去年,等我再次来到这里,见到新建不久的"银鱼桥"桥栏杆上赫然写着"迎恩桥"三个大字时,知道自己错了,原来是迎恩桥!叫错多少年了,难为情,难为情煞哉!

新桥在旧址之北,一桥跨东西,气势不凡。其实,叫错也不能全怪我,原先我们称之为"银鱼桥"的桥栏杆上,写的是"人民大桥"四个大字,与之媲美的自然是"春风大桥",一南一北,大哥与小弟,春风大桥熙来攘往,是桥中之王。而"人民大桥"则落在北边,除了周围的居民,以及附近几家工厂的工人走动之外,似乎过往的人并不多,只有如织的货船从桥下穿过,如此才带来了不少的"热度"。再往北,便是往石门湾的方向,以及更远。

得知了正确的写法,便有了钩沉历史的兴趣。一查,这桥还跟乾隆有关,他老人家六次下江南,其中有五次经过崇福。龙船自北向南,由石门经北三里桥南下,然后经迎恩桥路过崇福,朝杭州方向驶去。为表皇恩浩荡,迎恩桥由此得名。迎恩桥与北三里桥遥遥相望,当年龙船一过北三里桥,崇德知县便率领衙门官员及全县乡绅登上迎恩桥,遥遥向北跪拜恭候。原来如此!

而在我的记忆里,我跟这座桥的联系,与"人"、与"车"有关,这个人当属我大舅。我大舅虽没上过几天学,但聪明异常,理发、木工、漆工的"生活"样样拿得起,放得下。原先在北塘直街的理发店工作,后来,镇上办起了医药用品厂,他进厂当了木匠,后来又做了供销科长,上海、杭州到处跑,见过世面,买得到紧俏商品。他家里那两辆"豪车"就是托人从上海购得,一辆"凤凰",一辆"永久",呱呱叫的"顶级品牌",羡煞了多少人。每天舅舅与舅妈骑着这两辆车,从城南往北到厂里上班,骑上迎恩桥,驶过宽阔的桥面,便进到厂区;晚上,伴着迎恩桥西边的余晖,两辆"靓车"骑出厂区,一路向南。迎恩桥,你可曾记得承载过这样两辆精致的自行车?

还是车,还是跟大舅有关。厂里为了往上海、杭州送货，买了几辆车，但驾驶员不够。用崇福土话来讲，就是"八只鬈，七只盖"，就是周全不了。正巧，我大哥从湖州汽运公司回乡创业。于是，大舅厂里就经常联系他来开车送货。迎恩桥西堍建造奇特，要从桥下的北塘直街上桥的话，必得先来一个九十度直角转弯，沿着一个上坡，然后马上又是一个九十度直角的转弯，这样才能上得桥面，行走、骑行皆不受影响。可要论行车，这路可真是一条"险道"，不少新手望而生畏。而我大哥，常年开着半挂车，拉着几十吨的石头在长兴牛头山间穿行。这两个"直角"对他而言，小菜一碟！"唰唰"几把方向，行云流水，上下自如。看得大舅啧啧赞叹，不禁感慨：要是年轻几岁，这驾照可一定要去"考出来"啊！各位，他说这句话时，拎起时光来数数，快四十年了。

　　厂已搬迁，大舅已逝。旧的迎恩桥已经拆，只留东堍一侧，可作观景平台，运河之美，尽收眼底。而南侧，在迎恩桥旧址附近的北沙渚塘口，一座新建的三孔拱桥赫然入目，古意幽幽；北面，新造的迎恩桥气宇轩昂。流水悠悠，昔日光阴藏在何处？桥观景台边，一棵棵大树，树冠已亭亭如盖矣。

运河之夏

曾住运河边,每天都与水亲近。大人们洗衣洗菜,挑水喝水,须臾离不得水。但要说跟运河关系最铁的当数这里的孩子们,跟运河来往最密的节令当属暑热难耐的夏天,运河边的夏天,孩子们是主角,每天都有故事。

每年六月中旬,这里就进入黄梅时节,梅子黄时雨,天潮潮地湿湿。运河里的水不消几天,就漫过河埠,直逼堤岸,有一年竟然一直涨到了每家的门槛前,家人们甚至都找来砖块与泥巴挡在门前,以防大水"得寸进尺"。当然,大水漫涨的日子也不是一点好处也没有,洗衣洗菜更方便且不说,单是孩子们又多了一项活计:抓鱼。拆一个旧口罩,找一个晾衣架,把口罩的纱布绑在衣架的四角,再在衣架的交叉绑上一根细麻绳,一张简易的渔网就这样做成了,再往里面放上几颗饭米粒儿和两三枚铜钱,渔网就可以沉入水里了。静待片刻,扯绳收网,网兜里总有几条馋嘴的小鱼儿如约而至，诸如鳑鲏与鲦鱼之类，在网里乱蹦跶。如果运气好，一网竟可以抓到十来条，几网下来，收获颇丰，交给大人，晚上放锅里一炸，酥脆喷香，佐粥的佳品。要是抓得不多，就全扔给家养的鸭子吃了，鸭子梗着长脖子，一条条地吞下去，吃完了还"嘎嘎"地叫几声，表示味道不错！

当然，戏水成了夏天生活最重要的内容。吃罢中饭，一大帮孩子自动汇聚到河埠头，蠢蠢欲动。但大人们有言在先，须等到太阳的影子照到街边第三级台阶时才可以下水。于是，一群打着赤膊的孩子们就坐在台阶等，任毒日照射在身上，丝毫不为所动，唯一关心的是光影的变化，一旦阴影爬上指定的台阶时，恰如放学的铃声响起，一群人立刻蹿起来，直冲河埠头，往水里漾开去；有几个性急的则干脆从河岸边直接跳到水里，"扑通，扑通"，水花飞溅。

此时的运河，已经成了孩子们的舞台，打水仗、扎猛子、踩水、追鸭子、接力赛，一个个争先鼓勇，大呼小叫，喧腾不已。也有几个人开始一个又一个猛子扎下去，等浮出水面时，手里捧着一个大河蚌，不用一会儿工夫，就可以摸到一大堆，足足可以装满一个大脚盆，他们明天中午就可以吃到鲜美的咸菜煮河蚌了。

日影西斜，已快是晚饭时分了，但河里依然不减先前的热闹，大人们开始尖起嗓子叫嚷起来，喊我们这些孩子起来，但有几个小伙伴不论你家长如何叫唤，他就是不起来。于是大人恼了，拿起晾衣的长竹竿往水里一阵乱打，嘴里还细细碎碎地咒骂几声，吓得几个调皮鬼赶紧爬出水来，要不真的会挨上一记"竹板炒肉丝"，拖着被水泡得惨白的双脚，极不情愿地回家冲澡换衣吃晚饭。一直快到白露这个节气了，还是每天都要下水，虽有俗语：白露身不露，赤膊当猪猡，管他呢！

故事周而复始，情节大同小异。运河像一位宽厚慈祥的母亲，微笑着接纳了孩子们在她怀里闹腾，没有半句怨言。

后来，运河西头的一家酱菜厂生意红火。从四月开始腌制榨菜，咸菜、黄瓜一茬茬上来，河边停满了来售菜的船只。沿河岸六个大水管吐出腥臭的盐卤水，冲入河水，泛起絮状的泡沫，顺流而下，从家门口淌过。可怜河里的虾兵蟹将，被浓浓的卤水一泡，一个个都泛着白肚，浮到水面来，半死不活地挣扎着。可好，这时河边的居民们像过节一样，各种家伙齐上阵，渔网、网兜、鱼叉，一场抓鱼的饕餮盛宴可以从中午一直持续到傍晚。河边，激动的人们忽而跑到北岸，忽而跑到南岸，忙个不停！这时，大人们告诫我们，是不可以下河去游泳的。后来是更不可以下水了，运河东头有条岔港，岔港直通向一家乡办造纸厂，黑黄的废水吐着白沫大摇大摆冲到运河里，泾渭分明一般，清的河水，黑的污水，要是东南风起，整个小街四周全是这种气味。虽说是一江春水向东流，但有时污水偷偷摸摸地沿着河边向西渗透，一旦渗透成功，这里的水族又来一次"种族大清洗"，鱼子虾孙，尸横遍野。水边的居民却又一次过节狂欢，奔走相告，收获满满。

东西交攻，几轮下来，终致幸存的河里"居民"背井离乡，远走高飞。有一年夏天，有人竟在岔港里捕到一窝甲鱼，五只，大小不等。大家都说，这个甲鱼可不敢吃，肯定毒得了不得了。当初真该抽取一点甲鱼的血清，化验一下，是何因子才使你们历经磨难而百毒不侵，乐享天伦的呢？

现在偶尔回到运河边，三十多年了，老人都已故去，中年人变老年了，我们变成中年人了，酱菜厂和造纸厂早已关停，岔港口建了一道闸门。眼前的河水清澈，缓缓流淌，四周一片静悄悄。三十年前的这个时候，该是何等热闹的场景！一切都已过去，而那过去了的一切终将成为深入肺腑的记忆……

小人书时代

镇上看小人书的地方有两处，一处在邮政所附近，另一处在老街上。

镇邮政所营业厅的东墙，营业厅后家属院的东门南墙，两者交汇形成一个旮旯。旮旯里长着一棵高大的泡桐树，伸展的树冠俨然一把天然的大伞。盛夏时节，浓密的树荫挡住了毒辣的阳光，树下一片阴凉；而到了冬天，树叶落尽，温情脉脉的阳光则透过稀疏的枝杈，可以把人的后背晒得暖意融融。

老爷子把小人书的书摊设在这里，实在是聪明。一来这个旮旯离大街不远，几十步路，小顾客们一眼就可以望见这里；二来此处闹中取静，躲在一个角落里，没有马路上的烟尘滚滚，且冬有暖阳夏有阴，真个是块"风水宝地"。老爷子每天上午九十点钟时才来出摊，挑着他那两个大木"书架"，晃晃悠悠地走来。说到这个书架，特别有意思，设计得极巧妙，初看就是个扁扁的大木盒子，下面还长着两条"腿"；木盒子可以翻开，左右两页摊开，如同打开一本大书；而那两条腿呢？眨眼变成了四条腿，靠着这四条腿，书架倚靠在院墙上，稳稳当当。再看敞开的书架上，横向用木条隔成一行行格子。每个格子里一本本小人书码得整整齐齐，封面朝外；格子两头各一颗小钉子，钉子之间扯起一根皮筋，把书老老实实地"摁"在那里。

小人书的种类不少，最常见的是那些历史演义故事，诸如《杨家将》《岳飞传》《三国演义》《水浒传》等，一套好多本，一本接一本，把人的魂都"勾"走了；另一类也数量不少，即战争故事之类的书，什么《奇袭白虎团》《地雷战》《地道战》《永不消逝的电波》等，翻看之余，就好像回到了那个硝烟弥漫的时代，自己也成了战斗英雄似的，拿着枪，干掉一个又一个敌人；还有一类是侦探故事，也是必看之书，如《黑三角》《405谋杀案》等，那个卖冰棍的胖老太太原来是国民党潜伏特务，电影演员仲星火扮演的公安人员破案真厉害……

老爷子身材很高，寿眉隆鼻，背微驼。小椅子一坐，就是一天，直到傍晚收摊回家。中午时，有个小伙子给他送饭来，那是他孙子。他手里捧着个小铁盒，那是他的"收银机"，书分新旧，价有高低，有一分钱看一本，也有两分钱看一本。一本本书借出去，一枚枚硬币就跳进铁盒里来。

毕竟上了年纪，老人坐在那里，常打瞌睡。尤其是冬天，阳光和暖，双手拢在袖筒里，老爷子睡得踏踏实实。而这正给了一些"机灵人"以可乘之机，先花一分钱租一本，慢慢地翻，时不时地瞅瞅老爷子。一看他眼睛眯起来了，赶紧把书放回去，飞快地从架子抽出另外一本，有时甚至可以多看两本。当然，这只是极少数人的"聪明"之举。如果轮到他孙子来照顾生意时，再想如法炮制，可是一点机会也没有了。

每天午饭后，从南北四城门家里吃罢中饭的各路少年，都会去转转；傍晚放学后，也不忘去捧捧场。有几个极品书虫，中午放学时，也要去一趟，看完一本才匆匆跑回家吃饭，我就是其中之一。少年们来来去去，一茬接一茬，一天下来，生意倒是不错，惹得在井边忙碌的妇人们窃窃私语，"看书生意真好，老头子要发财了！"其时，邮政所家属院东门口还有两眼井，附近的七姑八婆们每天来井边淘米、洗菜、洗衣服，家长里短，话里话外都在这里哗啦啦地作响。

镇上另一处看书的地方在崇福老街上。老街是镇上最热闹的地方，两边都是两层楼房，上层住家楼，下层门面房。老街上店铺云集，每天人来人往，左手买盐，右手买酱，小镇平静的生活之水在这里缓缓地流淌。

这处看小人书的地方就设在一户人家里，一间朝北的屋子，光线昏暗。一架楼梯占去了半个屋子，楼梯下摆放着几个书柜，上面排满各种门类的小人书。靠门口一张桌子，桌子边终日坐着一位清瘦的白发老太太，她的头终日不停地轻微摇晃，以至于我们直接把那里叫作"摇头老太太店"。虽然头不住地晃，但是她的目光却总能聚成一线，像个雷达一般扫视屋内，一切尽收在她的眼底。她怎么不像那位老爷爷一样也经常打打"瞌冲"呢？

与老爷子的书摊一样，老太太店里生意也很"闹猛"，孩子们进进出出，凳子上坐满了人。老人家的儿子也经常来帮忙，母子长得极像。所不同的是，儿子高大，是镇上一家厂篮球队的主力。他一走进来，屋子里顿时似乎又暗了几分。

看小人书的曼妙时光主要集中在小学阶段，读了初中以后，去得就不那么勤快了。老爷子那里，只是偶尔光顾，更多的时候是远远地看一眼，就匆匆赶路了。而老太太那里，也许是因为不顺路，也许是屋里的光线太暗，后来就干脆就不去了。至于这两个书摊是什么时候停业，已经记不起来了。

曾经在《地道风物》的《闽南篇》上看到这样一张老照片，地点是素有中国白瓷之都美称的德化县。靠近海边的路上摆一个小人书摊，两根高高的杆子插在泥里，一根细绳拴在两根杆子之间，一本本小人书像晾衣服似的挂在绳子上。一阵海风吹过，不少小人书吹落在地，一位小姑娘蹲下身子，捡起一本小人书，相机镜头记录下了这个瞬间。照片上的小姑娘，你可曾想到，你捡起的何止是一本小人书？你捡起的一个时代的吉光片羽！相片下有一行文字说明：1982年夏月。

可巧的是，后来在另一本杂志上读到这张照片的后续介绍。照片中的小姑娘长大后成了一位作家，当选过德化县作协主席。那么，她的文学之路是不是就是从这一本本小人书开始的呢？

第二辑

多年师生成朋友

多年师生成朋友

中学生涯六年，一位老师教了我五年，他就是我的英语老师，卢湘仁老师。这样的机缘也真是不多见！

初一年级暑假结束返校报名，听班主任周老师说，我们班来了一位新的英语老师。早就有"小灵通"打探来消息，说是一位男老师，姓卢，小伙子，刚从其他学校调来。

第二天上课，就盼来了他。走进教室的他中等身材，浓眉大眼，身板厚实，显得很有力量感，很精神。我们班的这帮吵胚这下可该消停消停了吧！简短的自我介绍后，就开始了上课。一开口，我们就被他纯正的发音吸引了。这位老师有戏！

果然有戏，他的课堂看似波澜不惊，其实内容丰富、稳扎稳打，讲解方法又别具一格。不久，我们就好像书中的"爱丽丝"一样，走进了一片神奇瑰丽的仙境。记得他在讲解"look out"这个词组时，他先拿出一块小黑板，上面画了一个人，正从窗口倒水，边上写着一句旁白，图中的意思就是"让人小心"；紧接着，他又接上一块小黑板，也画了一个人，这人正把头从窗口向外探看。老师的两幅漫画一下子让我们明白了，原来"look out"这个词组有两层含义，一是"向外看"，二是"小心"。这样一个巧妙的结合，让我们一下子就豁然开朗，牢牢地记在心里。记得当时全班哈哈大笑，老师严肃的脸上也绽开了会意的微笑。

的确，卢老师平日比较威严。我们见了他，都有点怕。尤其是他上课时眼观六路，耳听八方，下面稍有风吹草动，他立马能"捕捉"到。有一次，我就被他抓了个现行。那是一个周一的下午，坐在窗口的我，还沉浸在新买了一辆二手自行车的喜悦之中，不知不觉地开了小差。"坐在窗口，那位穿黄色衬衣的同学，你回答一下这个问题！"我还没有回过神来，直到同桌捅了捅我，我才如梦方醒，当然是回答不出来，实在是尴尬，咎由自取。下课后，老师跟我说："你作为课代表，要多想想，怎么样才能起到正面的带头作用，而不是自己违反纪律，自己正，才能正人。"老师的这番话，我一直铭刻在心里。

老师的严格与博学，不断地激发着我们。我们班的英语成绩不断地进步，而作为我呢，也越来越喜欢英语这门课了，课外也时不时地找点资料来读读背背。老师也经常地鼓励我。有一次讲解"习惯用法",当讲到"be well off"这个用法时,全班都回答不上来。老师叫到了我,"你来试试!"当时,我也不知道是在哪里看过到这个用法,带着依稀的印象,结合上下文推断了一下。

"老师,是不是很富有的意思?"

"完全正确,你的语感非常棒,同学们啊,你们要向我们课代表学习啊!"老师的激赏余音绕梁,至今历历在目。

初中生涯很快就结束,考高中了。因为我们是初高中一体的学校,所以高中还在这个大校园里读。可巧的是,高一的教室就是三年前我读初一时的教室,真是有缘!更巧的还在后头呢!英语课,出现在讲台上的还是卢老师!笑意吟吟的卢老师!原来,他因为教学业绩优异,被抽调到高中部来教学了。第一课是《卡尔·马克思》,真好!我又能在老师的教导下学英语了。高一结束,传来消息,老师要去杭州进修一年。听到这个消息,我不免有点失落。而高二年级开始不久,我就因病休学,在家待了一年。而当再次回到下一届学习时,任课老师名单上赫然印着卢老师的名字。这是多么大的机缘巧合啊,我们师生之间真是分不开了。

高三毕业前,老师多次找我谈话,鼓励我报考英语专业。他说,你有一定的基础,而且对语言的敏感程度也比较高，学语言是个不错的选择。考前两周，老师说，这个周末，我想到你们家来一趟，与你爸爸妈妈交流一下。

我家住的地方，离学校很远。我在路口等老师，看到他骑着他那辆"小飞花"自行车从桥上缓缓下来，看到我后，下车和我并排而行。与我父母会面的细节大半已经模糊，但是老师对我的殷殷希望所化成的那股热流，在过了多年以后，回想起来，仍然涌动不已，师恩难忘！然我不才，最后没能如愿，有负老师的嘱托。

光阴如白驹过隙，转眼近三十年过去了。我与老师一直保持着联系。老师现在沪上从事外贸业务，走遍天下，阅历无数。经常可以跟着老师的朋友圈游历，看看安纳托利亚高原上的气球飞升，"尝尝"印度人做的五颜六色的咖喱菜，也经常跟老师在微信里聊聊天，回忆当年一起的情形。虽不能常见面，三十多年的师生情，早已莫逆于心，就像当年在课堂上那样的心意相通。

头发去哪儿了

（一）

儿子从小到大理发，基本上是由我领着陪着他去的。

他出生时就是"秃瓢"，到满月时，也没几根头发。满月那天，母亲请了镇上的老师傅，也是我的大舅公，他拿把小剃刀，给他头皮上轻刮了几下，"收获"了几根如细丝般的头发，淡黄，绵软。母亲把这几根头发和一根红线拧成一股，坠在一颗桂圆的蒂上，大家也说不清这代表着什么，但都知道总有美好的寓意在其中。这股发绳我们一直保存得好好的。最近搬家，拿了出来，左看看右看看，心里满是甜蜜温暖的回忆。

到了他三岁时，头发慢慢地长齐了，变粗了，也黑了不少。我便带他去住家附近的一家个体理发店理发。走过一座水泥桥，店就在桥堍头，一间不足十平米的小屋。

理发师是我一位小学挚友的妈妈，我们一班同学以前经常去她家，都叫她阿姨。阿姨见我去，忙说，好久不见了，都有儿子啦！边说边搬把小椅子放在大圈椅里，我一把抱起儿子，让他端坐在小椅子上，阿姨给他围上一条毛巾，又拿出一把小小的电剃刀调了调，便给他剃了起来。

儿子个性乖顺，理发时不哭不闹，更不用我用力地摁着。阿姨一边剃，一边跟我闲聊，问起我这么些年生活的轨迹，还不住地夸赞儿子，说他听话，安静，给他剃头省心。说着说着，自然就引到我们孩提时代的事情，说起我和她儿子一起去酿酒厂闹腾的笑话，说我们吃了一大堆酿酒的番薯干，气得保管员大骂我们一通。

她的儿子，我小学时的挚友，长得虎头虎脑，很可爱，数学方面有天赋，同学们都挺佩服他。可惜可痛的是五年级时，一个多月连续的低烧后，他被查出患上了白血病，虽经多方救治，但还是在小学毕业前夕撒手人寰。一晃近二十年过去，现在我带着我的孩子走进了这间理发室时，难免会触动深埋于她心底盘根错节的痛苦之根，此刻她肯定想到了自己的孩子，要是没有那场悲剧，她应该是位幸福的奶奶了。虽然她的脸上没有表现出来，还是细心温柔地推着剪子上上下下，但是我依然可以嗅到那股淡淡的苦味。去了几次以后，我不忍心再过去了，每去一次，阿姨肯定会回想一次。

时间只是盘踞在伤口上那层厚厚的痂，痂下的鲜血还在不停地涌动，我不好再去触碰。

（二）

后来，我领着儿子去了城南理发。城南街，我儿时与少年时代生活过的地方。大舅公的徒弟之一，在那里开着一间理发屋，主人叫金南，我少年时代的头发就是由她打理。这是间极简易的小屋，一张大转椅，当面大镜子，七七八八的理发工具散放在柜子上，门外一个煤炉，一把大水壶，十几把热水瓶分列左右，大水壶日夜不歇地烧水，理发店里最不能缺的是热水。摆上一把小椅子，儿子自己爬了上去，手脚利索。金南师傅也夸赞儿子安静，她指着儿子脖项后面的一个小窝让我看：你看，你看，你儿子跟你一样，脖子后面有个小凹凼，这里的头发最难剃了，你小时候也这样，那一撮儿头发都长成一个小尾巴了。可不是嘛，儿子的小窝里不正是长着形似小尾巴的一撮头发，真像小乌龟的尾巴！待儿子理完后，我也坐下来剃，金南师傅对我头部的环境更是了如指掌，轻车熟路，一绺绺乌黑油亮的头发滚落下来，不多久就汇聚成一团。理完后，金南师傅用扫帚扫了扫，把儿子的那小堆头发和我的头发扫在了一起。

金南师傅朗声地"笑话"我们。笑声引来了隔壁的茅家爷爷，一位"老上海"，他也走过来凑趣。他一天三顿酒，脸永远是红通通的。他也凑过来看看我们父子俩的脖颈处，也发出会心的笑声，"真像，真像啊！"屋里充满了热闹的空气，门外的水壶也烧开了，水壶盖被蒸汽顶开了，"咯咯"地笑开了。

再后来，工作调动，举家搬迁到县城里。找的理发师依然是熟人，我初中同学的父亲了，也是当年镇上的一位好把式，退休后也随儿子搬到了这里，也不愿意闲着，租了个门面房开店。当我们得知他老先生也在这里时，就把全家老小的头都交给了他。他剃的发式平稳，母亲最相信他了，我也愿意去他店里，店里的陈设普通如金南师傅的店，干干净净，一进门，尽收眼底。用画家吴冠中先生的话来说："那些个案上那些花里胡哨的瓶子里盛着各式各样的液体，经过玻璃的耀光、镜子的反射，五光十色，令人眼花缭乱，我似乎感到面对什么陷阱，不敢进去。"对此，我也有同感。

每次去理发，儿子最开心了，因为可以乘坐我的踏板车去，他人站在前面的踏板上，双手抓住两面反光镜的把儿，一路大呼小叫，好不开心！小男孩天生就对速度与机械感兴趣，我把车子开得再快点，他就更加兴奋了，嘴里乱七八糟地念叨个不停，俗话得好，"七八岁孩子，猫狗都嫌他烦",说的就是他!理发时,儿子已经用不着小椅子了,挺直小腰板,泉煜师傅一点也不费力,三五分钟就可以把他的头发理好。

有时在回家的路上,我故意把车开得一会儿快,一会儿慢,他就笑个不停,嘴里喊着"再来,再来!"我当然会满足他的要求。就这样,每一趟"理发之行",便是一次兜风的好机会,树荫浓密的凤鸣路,你可曾记得我们父子俩的笑声?

(三)

理发是个累人的活,泉煜师傅也上了年纪,做了几年,他就歇了。于是,我们"转战"小区门口的一家理发店,名字取得有意思,叫"曼条丝理",很有味道。这是家夫妻店,手艺也不错,店老板也算是半个老乡。去了几次以后,大家都相熟了,又因为就在小区门口,所以慢慢地,儿子就独自一人去理发了,尤其是上了初中以后,头发长了,到了星期天,他就跟我要点钱,自个儿就"噔噔"地下楼,很快又"噔噔"地跑上楼来,从小到大,就是一个小平头,花不了多少时间。

有时想去理发时,我们大人正巧都不在,他也会去,他有"私房钱"。每年春节时,大人们给的压岁钱不少,我们留了一部分给他,放在他的书桌抽屉里,由他自取,也算是培养他的一点"用钱"意识,他也不会胡乱去花。每到这样的场景,我们回家时,发现他的头理好了,就免不了要"赞扬"一句:"小伙子,挺精神的嘛!不错,不错!"

最近一次倒是我与他一起去的,念高二的他周末返家,说要去理发,这次还真得我陪着他去了。我们搬了新居,搬家之前的一个周末,儿子跟我探讨过这个问题,以后去哪里理发,我的回答是,那还不简单?继续"曼条丝理"啊,老爸开车陪你去啊!

是夜,雨意阑珊,晚饭后开车去往,正好没有其他人。儿子先剃,一团团浓密的头发从他头上掉下来,散落在围布上,地上。我坐得近,一股好闻的青春油脂的芬芳荡漾开来!转眼间,又一个小平头理得了,镜子里的他,脸部更加地棱角分明了,剑眉朗目,眉宇间流动着的是青年人的英气。等他理完,我也坐下来理,其实我也就是应应景,两边的鬓角稍微整饬一下就行了,顶上早已不再"热闹",中间地带一片"盐碱地"。一圈剃下来,围布上飘下来几簇头发,理发师把它们抖落在地上,撤去围布,我站起身来,理发师用扫把扫了扫我的头发,几绺细细的、淡黄的头丝,把它扫进儿子那堆头发里,"一只羊混入了一群羊,结果还是一群羊",我的头发几乎看不见了。

我的头发去哪儿了呢?

等我好起来

外婆家那间朝北的屋子里，光线昏暗。三舅幽幽地对着我母亲说，阿姐，我到杭州去检查过了，要动手术！明天我去镇上照相馆里拍张照片，医生说要摘除上颚的骨头，以后面孔就大变样了，拍张照片做个留念吧！

三十才出头的三舅，年轻有活力，一笑露出一口洁白的牙齿，眼神里智慧的灵光不时闪现。从小被领养到农村里的他，虽然没上过几天学，却凭着一股子钻劲和巧劲，成了乡农技站的第一把好手，各种农业机械的"疑难杂症"，常常在他手里"药到病除"。说起他，周边四乡八村里都知道他，都赞他技术好，有次别的乡里坏掉的一台日本进口的收割机就愣是让他给修好了，得以继续在田里"撒欢"。

而今，他自己却病倒了。前一阵子吃饭时，他老觉得上颚有个小小的硬块，起初也不在意，后来就越发大了起来，地方医院让他去浙江二院查查，结果是谁也不愿意听到的坏消息!

　　动身去杭州的那天,是母亲与大舅陪着他去的,办好手续后,姐弟三人去西湖边走了走。其时,曲院风荷的荷花已然开罢,残荷枯瘦,秋风瑟瑟,茎秆飘摇。母亲说,三人并不多话,只是默默地走了一圈就回来了。当时交通多有不便,我们也没有去看望他,他出院以后就回乡下家里休养了。

　　很快就过年了,1984年的新年,我们从收音机里知道了中国代表队将首次赴洛杉矶参加奥运会,第23届奥运会。

　　年后,三舅来外婆家住,毕竟在镇上,配药、检查等手续也方便。而且,外婆家人多,热闹,不时有人陪他聊天解闷。三舅本也是个开朗的人,爱说爱笑。手术比较成功,大家也很开心,不过舅舅的脸真的大变样,一边的脸完全塌陷下来,左眼角被硬生生地扯了下去,上下嘴唇也不再齐整。不过,他精神头挺不错,记得有一次中午放学回家,经过三舅的房间,冬日的阳光透过窗子射进来,他正和舅妈在聊天,说到开心处,他大笑起来,房间里温暖敞亮。

　　母亲是家里老大,三舅最信赖她,他与母亲说得最多的一句话是:阿姐,等我好起来以后……等我好起来以后……

而谁曾料到，此刻的病魔正躲在阳光下的阴影里狞笑，那双手从来就没有放开过一个年轻生命如大理石般直挺秀颀的脖颈。春寒还未倒尽，消息如春寒更冷，他的病复发了，他又住进了杭州半山医院。

但是很快就出院了，说是已经转移了，余日无多。

他还是住到了外婆家里，人已经瘦得脱形了，塌了的脸完全陷了下去，泛着紫黑色，全笼着一层灰气。他只能躺在堂屋的一张藤椅里，天气渐渐热起来了，穿着夏衣的三舅像一个几岁大的孩子一般蜷缩在椅子里，嘴里不住地呻吟着。我们都知道，疼痛正在折磨他，额头上渗出的汗珠黏糊糊，外婆说，出这样的汗，不好！

吃饭时更折磨人，他的上颚骨已经被摘除了，此时嘴里又全部溃烂，根本没法咀嚼。没法子，只有把面条煮得稀烂，舅妈用汤匙喂他，才吃进嘴里，面条就不争气地从鼻孔里钻了出来，白花花的面条全粘在嘴唇边。要知道，他曾经是个有名的"面大王"，有次帮农技站到镇上买配件，中午来外婆家吃饭，正赶上吃面，三大碗咸菜笋丝面，稀里呼噜就下了肚，惹得一家子都笑他是"面桶"！而眼前这幅情景……我们都背过脸去，想噙住泪水，可是泪水根本由不得我们！

每天放学后，我们几个孩子先去望望三舅，然后趴在桌子上做作业。做完作业，有时会闹腾起来，屋里屋外追来追去，大呼小叫，似乎忘记了舅舅躺在那里。不过，他看到我们"疯"，有时会浮上一丝微笑，终日无神的眼睛里也仿佛闪过一丝光彩。多年以后某个晚上，我突然明白，他眼神里流露出来的分明是一种生的热望，他多么想健健康康地活下来，妻子、孩子、老母亲、老养父，还有这么多兄弟姐妹，这么多子侄外甥，还有那一车库待修的"东方红""久保田"……记得当我们跑过他身边，朝着门口呼啸而去时，他会把头扭过来一直看着我们的背影，此时的我也正好回头一瞥，碰上他追送过来的目光。就在这个静夜，窗外夏雨阑珊，阵阵厚重的闷雷滚过天际，那一幕"唰"在我眼前炸响！

1984年的6月，江南的天气，热浪提前袭来，我得知了这个噩耗！三舅永远离开了我们，我敬爱的三舅！

那个闷热的下午，一块青瓦片猛地被砸碎在灵柩的盖板上，碎片向四下里迸溅，散成一地，碎了一地。那个矮个子司仪一声大吼，灵柩由四个壮汉抬起，朝着墓地缓缓走去，墓地就在村东头，外公的坟也葬在那里。外公啊，您老人家可曾想到，就在您匆匆离别我们三年后，你的三儿也长眠在您的身边，您的儿女中，三舅最早离开家，又最早回到了您的身边！

小聋子零食摊

想不到,在横街与宫前弄的交界处遇到她。老太太矮胖依旧,头发已经全白,脸上泛红的油光也已不见了。她迈的步子很小,慢慢地往前移动。我冲她笑笑,她也笑了,她肯定不认得我。那些年,那么多孩子每天都到她的零食摊上买好吃的,她哪里认得过来啊?但是,我们都认得她,都记得她,记得她家的美味零食,记得她和她的老头子。

老头子又瘦又高,长脸,鼻梁上一副黑边圆框的眼镜,手像鹰爪一般,手指特别长,手背青筋毕露,还长着星星点点的黑斑。这双手包起东西来非常麻利,扯过一张裁好的旧报纸,大勺子抄起茴香豆,倒出一小堆放在纸上,还没有看清他的手法,一包元宝形的豆子就包好了,随手扔进一个大竹箩里。闲时,他会坐在那里抽烟,那只大手夹着香烟,青烟袅袅。

老太太又胖又矮,自然是圆脸,也架着一副圆框眼镜,脸上泛着红红的油光,用崇福话来说,血色好来!终年拴着一条大围裙,围裙两边缀着两个大口袋,那是她的"收款机"。其实,她包零食也挺快,不逊于老头子。只不过,她还兼着"打广告"的工作,她嗓门奇大,"哎……,茴香豆来,长生果",声音直上云间,吆喝喊三声,小孩站不稳。从出摊到傍晚收摊,那把大凉伞下的生意络绎不绝,全靠老太太高亢响亮又干脆利落的吆喝。不过,即便她不吆喝,全镇人都知道她的零食,要吃好东西,到小聋子那里。起初,我有点纳闷,她的喉咙这么响,买卖做得这么利索,怎么叫"小聋子"。很长一段时间,我都以为这是她的外号。后来才知道,原来老头子才是"小聋子"本尊。

"小聋子"就是一块注册在崇福人心里的金字商标。他们的摊子原来摆在新民路紫罗兰美发厅的后门口,后来移到马路对面,在西寺金刚殿的角上,撑起了那把大凉伞,大凉伞下摆放的就是令孩子们垂涎不已的美食。他们家的拳头产品就数茴香豆了。豆子又大又扁,俗称"牛踏扁",烹制得又香又糯,吃一颗,茴香特有的辛香和盐水的咸味交融在一起,经得起久久回味。想来小聋子必有独到的秘方,一颗蚕豆竟然博得众人的青睐,真是不简单,"一招鲜"自然能"吃遍天"。除了茴香豆,小摊还有花生、芝麻糖、香瓜子、冬瓜糖、粽子糖、松子糖、梨膏糖等各式零食，这些好吃的就装在一个大玻璃柜里，分不同的格子里存放，诱惑力非同一般。在我看来，那个长生果（花生）最好吃，她还分了油炸花生、椒盐花生和糖花生。尤其是那个糖花生，小小的果粒外面裹了一层白花花的糖霜，糖霜入口即化，甜味沁入脏腑，把少年人的心都甜化了。还有那价格不菲的松子糖，赫黄色的糖浆里面裹着松子，状如一颗琥珀；咬下去，糖浆的鲜甜混合着松子特有的清香，霎时间走遍全身，钻入每一个毛孔。

小聋子摊上的美味还分了不同的包装，依据量的大小分包两分钱、五分钱。小主顾们走到摊前，老太太会问，要什么？几分钱的？孩子们把攥在手心里的钱递给她，一包美食在手，一路欢蹦乱跳。大部分孩子都买两分钱的那份，毕竟家长每天给的零花钱就这么多。两分钱一包的豆也挺多的，足够消磨一个半天。也有人买五分钱一份的，那就是阔佬了，往往会引来羡慕的目光，买主脸上也好不得意！我属于那种平民阶层，也不是很贪嘴，买两分钱的糖花生或者粽子糖，就足以让身上的馋虫消停了。省下来的钱还可以去小人书摊上租书看，或者攒一个星期，到新华书店买一本属于自己的小人书。

上学前，放学后，是零食摊最热闹的时候，往往围好几层的人。好像是每天必做的功课，读书郎们如果一天不到他们摊子上去转转,就感觉一天空落落的。哪怕是去看看也好,否则当同学们问起是否去过小聋子那里,如果说没有去过,自己会觉得气短。老夫妻俩也是最勤勉的,每天老早出摊,老晚收摊。后来,西寺后面造了家电影院,他们更是做起了夜场。一个大灯泡底下,依旧闪现着老太太满脸的红光与老头子坚实的目光。

老人家有时还和孩子们做"交易",问孩子们有没有做完的练习簿,让孩子们把做完的练习簿给他们,他们把本子拆散,一张张打满对勾或大叉的练习纸就"化身"为零食的包装纸了。而孩子们,大凡可以得到几块芝麻糖或是几颗粽子糖。除了用作业本来包东西,他们还将旧报纸再次"利用",一张大报纸化整为零,变成了一沓沓的包装纸。要是搁现在,拿废旧纸张来包食品,那怎么行?可那时,谁会在意这个?

听好多人说起过,当时镇上最殷实的人家应该是小聋子家。一年四季,三百六十五天,天天生意这么好。虽说都是几分钱的小生意,但也能积少成多,赚到很多钱。所以很多人下了个定义,他们家肯定是崇福镇上第一个真正的"万元户"。勤劳致富,虽辛苦,但光荣!

西寺前,金刚殿,那把大凉伞总是矗立于此。伞下,瘦高的老头、矮胖的老太、好吃的零食、响亮的吆喝、麻利的动作，在如流的光阴里凝固成一幅画，存放在每个崇福人的心里。大家也许还记得起来，当你走到摊前，老太太一改吆喝时的大嗓门，俯过身子来轻声地问道，小囡囡，想买点啥吃吃？一边问，一边用右手推了推已经滑到鼻尖的眼镜。

我的小学生活

看到儿子他们在教室里包馄饨的照片，看着他们一张张因喜悦而红扑扑的脸蛋，思绪马上将我带回到了我的小学生活，飞鸿雪泥，一个个片段穿越时空，似乎在我眼前飞旋。

我是九岁时才上的小学，因为七岁那年从乡下出来，在幼儿园插班读了一年半，所以读小学时就比同学们要大一岁。虽说大一岁，但长得瘦小，还是坐在了前排。

当时我们的小学分两部分，低段教室设在一条名叫五桂坊弄的弄堂里。一长溜围墙上，开了一扇小门。走进小门，别有洞天，像四合院一样，朝南四间正房，是我们四个班级的教室，教室最西头是老师们的办公室。还有很大一个院子，可以供我们玩耍。

报名那天，母亲带着我到镇上的文具店里买了一个漂亮的铅笔盒，塑料盒身，盖子包着一层厚厚的海绵，海绵上面还覆着黑皮面，黑皮面上印着一丛盛开的牡丹，银色的。这个铅笔盒花了一元两角五分钱，而当时母亲一个月的工资不足三十六元。这个铅笔盒我用了三年，直到后来，盒盖上的磁铁扣失效了，才停止使用。

我被分在了三班，我们的班主任兼语文老师姓徐，一位高个子的中年女老师，总爱穿一件深蓝色的衣服，说是正好从湖州那边调过来。她的普通话很标准，上课很耐心，总是带着微笑。现在想来，我的一口还算字正腔圆的普通话，正是那时打下的良好基础。不过，很可惜，她只教了我们一年，又调走了。多年以后，曾在县教育局招生办公室遇到过徐老师。现在算起来，徐老师应该年过古稀了，不知安好否？

可是一年级时，人傻傻的，并没有多少有趣的事情留在脑子里。

到了二年级时，换教室了。走过那个玩耍了一年的院子，朝南穿过一个阴暗的古旧的厅堂，便是我们宽敞明亮的二年级教室，教室在二楼，那个倒"T"字形的楼梯让我们兴奋不已，下课了就跑上跑下，闹个不停。

我们的新班主任兼语文老师是唐老师，唐老师穿着得体优雅，我们见了她都有点怕，也说不上来是什么原因。可能是语文课有点难，因为课程里开始有"看图写话"的内容，我们都觉得很难。

　　要说到二年级最令人难忘的一件事是"小黑狗事件"。有天早晨上学路上，我与两位同学在垃圾箱边捡到一只小黑狗，眼睛还没有睁开，估计是被主人抛弃的。我们三人决定把它养大，于是就带到了教室，放在抽屉里。课上到一半，唐老师正在黑板前讲课，这时小黑狗发出尖尖细细的叫声，肯定是饿了。这下西洋镜戳穿了！全班的目光都转到了我们的课桌。三个人被请进办公室，然而唐老师并没有批评我们，反而表扬我们爱护小动物；同时让我们把小狗带回家去养，不要带到学校里来。于是我们决定把小狗养在韩俊锋同学家里，因为他家离学校最近，就隔一条马路。中午放学时，我们可以去看它，喂它。我们用米汤喂它，用勺子喂，可小狗不会吃，我就找来点破棉絮蘸了米汤让小狗吮，多少也下去一点。可离开了母亲的小狗，能活几天呢？尽管我们想尽了办法，三天以后，小狗的叫声越来越弱，直到没有了一点儿声息。我们只好黯然把它送回了垃圾箱。

　　二年级时，我有了自己第一支钢笔，一支玉米形状的钢笔：粗粗的笔身，上面刻着一粒粒饱满的玉米粒，橙红色的，两片嫩黄色的叶子围着一个笔套。这是我二年级时评上三好学生的奖品。我还用积攒了好久的零用钱买了一本成语小词典，定价两角两分。用这支玉米钢笔，我在扉页签上了自己的姓名与班级，歪歪扭扭，用红墨水写的。因为那时候觉得老师们用红墨水批作业很让人敬畏，红色简直就是老师们的专用色，于是，就把玉米钢笔灌上红墨水，郑重其事地签名留念。这本小词典一直跟着我，直到我现在自己做了老师，有时还会用上它。翻开扉页，看到自己的签名，不禁哑然失笑。

二年级时，我还有了自己第一本地图册——《袖珍世界地图册》，四大洋和五大洲，开始走进我的生活。我想，我对地理的爱好就是从那时开始的吧！

二年级时，还听了一堂地方历史的讲座。请来的老师是一位老先生，姓蔡。听讲座的地方就在那个阴暗的厅堂里，我们叫作礼堂。我们搬了凳子坐齐了，静听蔡老师的演讲。现今，我只记得第一句话了，用的是方言，"结个（这个）太平天国洪秀全"，拖着长长的调子，尖锐的声音一下子从讲台上蹿了起来，直穿过礼堂的房梁，穿透那棵覆在礼堂屋顶上的亭亭如盖的大树。

世事轮回，三年级时竟然搬回了一年级时的教室，教室的门上用白漆刷着"三（3）班"的字样，老师还是二年级的那几位。第一学期时，我被选为中队委员，第二学期的某一天，唐老师让我到她办公室里去，那是上午，太阳光射进办公室，老师们的办公桌涂上了一层金色的油彩。唐老师告诉我，根据你的表现，三年级的老师们一致推选你与王臻同学担任大队委员，你可得好好努力啊，我们年级就你们两个同学。说着，她把一张"三条杠"的袖标交给我。

走出办公室，甭提有多自豪了，我现在就是全学校大队部的一名成员了！有一天，学校通知我，要去本部主持下周一的升旗仪式。这天早晨，穿着白衬衣，藏青色裤子，一路小跑，从分部跑到本部的操场上，在司令台边静静地等候。看着高年级的学哥学姐们一个个从教室里出来，汇聚到操场上列队、整队，心里像有一面小鼓不停地敲着，越敲越急。待到全部学生站整齐后，我跨上两级台阶，走到司令台的中间，眼睛望着大家，说也奇怪，心情竟然慢慢地平静下来了，或许等待是最让人煎熬的。

"立正，敬礼"，我把右手举过头顶，眼睛注视着冉冉升起的五星红旗，鲜红的旗帜迎风飘摆，蔚蓝的天空云絮流转。台下的同学们跟着我，齐刷刷地举起右手，这一幕定格在一个青春少年敞亮的晨光里。这记忆是我三年级生活里最鲜亮的一段。

至于到了四年级，主持升旗仪式时就不用两头跑了，因为我们搬到了本部。操场后边有两列平房，就是我们的教室。我们分班了，原来的四个班分成了五个班，我们班变成了四（4）班。唐老师不教我们了，换成了王老师，一位与唐老师一样严格的老师。数学老师杨老师，一位和蔼可亲的老师，直到我长大成人，每每见着我，还是会拉着我的手问长问短，夸我学习态度认真。还有一位教自然的陶老师，我早就认识她了，因为她是我们的大队辅导员。我们最喜欢上陶老师的课，因为有科学实验。陶老师给我们讲地球的自转与公转，有一个仪器，陶老师摇动手柄，地球仪会自转起来，同时绕着太阳仪公转起来，唤起了我们极大的兴趣，我们叽叽喳喳说个不停，陶老师厚厚的镜片后边也闪动着兴奋的光芒。

四年级时，学校还搞过一个重大活动，就是发放蓖麻籽让我们回家去种，等收成了以后再交给学校，说是蓖麻籽上交可以榨油，榨出来的油，飞机上可以用。同学们热情高涨，纷纷回家去种。我不仅在靠近家的一片河滩上种下了蓖麻籽，还联合几个同学在教室后面的空地上也撒下了种子，每天上学放学，做好作业后，就去看蓖麻的生长发育。那时，我坐在教室的北窗下，窗下就是那块种着蓖麻的杂草地，有时我会不自觉地看着那一株株成长中的植株，心里暗暗地希望，希望它们能多结籽，这样就可以得到老师的表扬。

待长出一个个像海胆似的蒴果时，老师告诉我们，蓖麻籽就在里面待着，等成熟时，果壳会裂开，蓖麻籽会自己跳出来。我们的兴趣其实不在这上面，倒是这颗颗蒴果很好玩。蒴果上的毛刺长着倒钩，我们便偷偷地摘上来，放在口袋里，走在长头发的女同学后，悄悄地扔过去，一颗，一颗，等到她们发现，一颗颗地拿下来，可就痛苦了，因为有倒刺，每扯下一颗来，头皮就是一阵痛，惹得我们在一旁促狭地笑。结果当然是被老师请去剋一顿。

种下去到收成大约需要两个月的时间，秋风起时，原来青青的蒴果渐渐泛起黄褐色，毛刺也越来越硬，终于有一天果壳裂开，一颗颗油亮亮的蓖麻籽就挤出来了，蓖麻籽很好看，深褐色的皮上有不规则的花纹，浅色的，像极了鹌鹑鸟蛋，具体而微。

我们有比赛，看谁交得多，可我一次也没有评上过，倒不是不会种，只是结出来的果子多半被当作了玩耍的"武器"。

四年级时，我们还参加了一次平整操场的活动。老师们说，跑道上的煤渣越来越少，学校已经跟镇农药厂的锅炉房联系好了，派我们去拉煤渣。学校借来几辆平板车，在两头安上两块木板，就让我们出发了。我与其他两位同学一个小组，一人拉，两人在后面推。装满了煤渣的车很重，尤其是起步，得使出三个人全身的力气，车轮才会慢慢挪动起来。不过等车子动了，拉起来就轻松多了，我们知道这叫惯性，科学老师教过我们。

我到现在还惊讶于当时自己拉车的本领，在热闹的大街上，我在前面拉，一路小跑，后面两个同学跟着。一个下午，我们三个人轮流拉车，来回七八趟，一点也不觉得累。我不知道，我瘦小的身体哪里还蕴藏着那么丰富的力量！

操场的跑道铺上了新的煤渣，跑上去又"咯吱咯吱"地响了。特别是跳远场地上那条助跑道，我们拉来的煤渣全铺在了那里。那天劳动结束后，我们几个还专门留下来"练"了几回跳远，在自己铺的跑道助跑，然后跳进沙坑，感觉真好！

也许是成绩还算优秀的原因吧，一进入五年级，我就被选入学校组织的历史兴趣学习小组，每班一个人，四五年级的选手加起来一共十二个人。学校派了一位李老师来辅导我们。李老师面目黧黑，很高的个子，很瘦，皮包骨头，佝偻着腰，五十多岁的样子，烟不离手，右手食指与中指焦黄。他的普通话极不标准，夹杂着外地的方言，所以听他上课挺费劲的。每个星期六下午，我们这一帮人都要留下来辅导。李老师好像对我格外关照，可能是我的知识面相对比较开阔的原因。这样的情形持续了大概两个月,又一个星期六,我们参加了县里组织的历史知识竞赛,考卷有点难,我就记得有一道题问我们,北魏孝文帝拓跋宏进行了一系列改革,包括"改姓"等措施,他把自己家族的姓氏由原来的"拓跋"改为了哪个汉姓。那时,我脑子忽然灵光一现,我好像在哪本书上看到过,他们家族后面改姓"元",孝文帝叫"元宏",我就试着写了下去,不过也没有多大的把握。

走出考场,我翻看了资料,验证了自己是对的,心里很高兴。不久,成绩公布出来了,我获得了县小学生历史知识竞赛一等奖。也是在一个晨会上,我跑上司令台,从校长手里接过了奖状与奖品,奖品是一支钢笔和一本林汉达主编的《上下五千年》,钢笔的笔帽上还雕了一列小字:桐乡县小学生历史知识竞赛一等奖。书是紫色封面,后来我不知把这本书翻看了多少遍。书至今还在,可惜钢笔丢了,虽说是一支普通的钢笔,对我来说,却是极其珍贵的纪念品,它是我成长道路上的一个脚印。

关于获奖,还有一个插曲。获奖的那天下午,我走在回家的路上,遇到一个四年级同学的家长,这位同学也参加了历史学习小组,姓张,因为这位家长常来接儿子,所以也认识我。他拉住我,自豪地说,我儿子这次历史竞赛得了县三等奖，你呢？我告诉他，我得了一等奖。他一愣，随后一仰头，哈哈一笑，不错，不错，你厉害的嘛！听得我心里美滋滋的。

也有伤心的事，我的一位同学五年级时去世了。一个长得虎头虎脑的男孩子，圆脸，大大的眼睛，浓浓的眉毛，爱笑，一笑露出两颗糯米般的虎牙，人见人爱，学习成绩也很不错。我们几个常在一起玩，比如去他父亲工作的酿酒厂仓库玩。仓库门前有一座白薯干堆成的小山，我们爬上去又冲下来，边玩边享用"薯条"，硬得直硌牙，照吃不误。可是，五年级下学期伊始，他就开始发烧，一烧就是一个多月，后来说是得了白血病，去杭州医治，也没有效果。又过一个多月，他就去世了。出殡当天，按照习俗，他的爸爸妈妈，还有姐姐，是不可以送葬的，只有我们几个同学，还有他的一些同辈的亲戚。我们一个同学捧着他的遗像，遗像上他的笑一如平时，我与另一个同学抬着花圈，走在队伍的前边，一直送到河边的一片坟地，看着他被埋进土里，然后黯然地回家。

多年以后，我自己有了儿子，他母亲也从国营理发店退休，开了一家理发店。因为当时住得比较近，我带着三岁大的儿子去理发，理到一半，他母亲说，要是我们朱永杰在的话，也该有小孩了，小孩子也该这么大了！一声叹息，我默然：有时时间并不可能抹去伤痛，多少年了，失子之痛，情何以堪！后来，我没有带儿子去过。

这件事情过后，又是乱哄哄的一个多月。忙乱中，小学的毕业兼升学考试来到了。一个六月清亮亮的早晨，老师们喊我们到操场上去排队，每人带好铅笔盒。每个班一列纵队，老师们在上面说了些什么我已经记不得了，只记得排着队去中学考试，那是我们心里神圣的地方。想到读初中，心里有点惴惴不安，读初中了，功课应该很难吧？不知道我跟得上吗？初中里的老师凶吗？一连串的问号在三场考试以后便烟消云散了，因为又可以尽情地玩耍了，因为又可以去我生活过八年的乡下了。那里有青蛙可以抓，那里有条河可以让我游，那里有位阿姨家任我胡闹，那里有一股神秘的力量吸引着我，让我乐不思蜀，连发榜的日子都忘记了，还是母亲换了两班轮船，从家里赶来告诉我。她来的时候，我与一群乡下伙伴正在晒谷场上疯玩。母亲告诉我："你考了全年级第三名，总分209.5（满分230），你可以读初中了，你们年级有将近一个班的人没有考上初中。"

有近一个班的人没有考上初中？其时的我，并没有多大的概念，只是知道他们不读了，我还要继续读书。而现在想来，人生失去了这样宝贵的机会，该是一种多么大的损失啊！这意味着他们从此早早地踏上社会，稚嫩的眼睛一时又怎么读懂社会这本大书？而当社会变革浪潮喷涌而至时，他们又怎么能冲破风浪，勇立潮头呢？

就在这样一个天空敞亮的上午，我们一起排队前进，有些人却没有再跟上队伍。就在这样一个天空敞亮的上午，我的小学生活结束了。写下这些文字的时候，离那时已经整整三十九年了。想不到，三十九年过去了，我的记忆还是那么地鲜活，尽管已经没有办法还原五年小学生涯的每一个细节。有位小学时代的好朋友，现在与我住在一个小区，经常可以碰到。不知道他有没有想起我们的小学时代，我没有问过他。我们见面，也只是微微一笑，或只是三言两语，然后各自行色匆匆。

乡村酒徒

烧酒金龙

茶馆临河而建,油车桥就挨着茶馆。所以,吃早茶的人们看到"烧酒金龙"从桥上走下来,十几步石台阶,一脚高,一脚低,有几脚几乎快踩空了,但又很快站住了,迈出下一步。一看就是昨晚的酒还没有醒!

五月了,冬去春将尽,他身上那件蓝卡其布中山装都罩上了一层灰气,只有门襟这块闪着光亮,厚积着的油渍散发出异彩。

他右手始终插在右边的口袋里,那里还插着个烧酒瓶子,口袋太浅,瓶脖子又长,时不时地窜将出来,当然要用手护着。

等蹩进茶馆,在门口的空桌坐下,金龙将瓶子抽出来,放到桌板上,拿起个茶杯满满倒了一杯,眯起眼嘬了一口,又从左边口袋里摸出个油豆腐，咬上一口，开始饶有兴味地看着供销社的货船搬货上岸。

一星期去一趟镇上供销社运货的船，每次回程都装得很满，船腹深深扎在水里，靠不近岸。好在有一块大跳板，搭在船头与岸边，船老大阿六与掌福抬起一坛酒，小心翼翼地走过跳板，踏上岸来。走在后面的阿六瘦小，力浅，刚着地，腿一软，扁担没擎住，从肩头飞速滑下。只闻得一阵浓郁的酒香散开来，"咣当"一声响，酒坛的碎片飞溅开去，蹦得老远，酒水四处流散。

只见一团深蓝的影子从茶馆里冲将出来，直奔向一处泥坑，四散的酒水正在那里汇聚。

说时迟，那时快，他"扑"的一声，双膝跪倒，继而全身扑倒在地，嘴巴正好够到那个小泥坑，双唇努起，使劲地长嘬一口，直到嘴巴灌满。一仰脖，换口气，第二口又下去了，没几口，小坑里的酒竟被喝干了。

他这才坐起身子，嘴里嘟嘟囔囔：这么多的酒，不喝真是"宁莫"（方言：可惜）啊！"宁莫"啊！

在他身子周围，一大片浸泡了酒水的泥地，发出阵阵酒香。

父与子

金坤与福根是一对父子。

每天天不亮，金坤便挎起长篮，出早市，去镇上喝早茶去了。

小镇就一条街，左手买盐，右手买醋。从东到西，有小酒馆，也有茶馆兼带卖酒的，共六七家。他有时从东喝到西，然后换一边，从西喝到东，一圈下来，也快日头直了，这才回家。不过很多时候回不到家，半路上、水稻田里、桑树地里，天当被子地作床，醉里日月长。

每当这种情景，金坤老婆就带了村里人沿路寻过来，拖回家，照例一顿痛骂。而金坤呢，用不了三天，又是老样子。

金坤老婆一想，老是麻烦村里人去找人，也难为情。好在大儿子福根已经十六岁了，就让他每天跟着他父亲出早市，也好看着他父亲点。

于是，每天天不亮，金坤便挎起长篮，出早市，和儿子一起去镇上喝早茶去了。

没多久，金坤老婆觉得有点不对头，儿子每次回来脸都红红的，眼睛里水汪汪的，多半是和老头子一起喝酒了。但不管怎么样，这一个多月来，父子俩都是早早地回家了，喝点就喝点吧，反正也小伙子了，只是不要像他爸爸一样。

冬去春来，父子俩几乎天天上街"喝早茶"。临近过年的某一天，日头快直了，也不见父子俩的踪影，金坤老婆有点急了，邻居老头阿七的一句话提醒了她：兴许两个人都喝醉了，躺在半路上呢！

她赶紧让阿七和他的儿子一起帮忙找去，走到那片高坡地上，远远就看见有个人斜靠在那棵大桑树上，是金坤，正眯着眼瞌睡。儿子福根呢？高地上也不见人影，问金坤，只见他手一挥，指着空中一指，"那里"，手在空中抡了一圈，又放下了。

金坤老婆只得再找，原来在高地的另一边，高地下有条沟渠，渠水浅浅，绿汪汪的。而福根正翻倒在其中呢！阿七的儿子冲到沟边去，伸手去拉福根，一把拽住他的胳膊，福根却使劲挣脱了，嘴里嚷着，别拉我，真凉快，好过来（方言：舒服得很）。一件黑布棉袄也早喝饱了，衣袖还缠着几条经年的枯败的蔓条。

"金刚"之死

不知道刘伶最后是怎么死的，扛着锄头跟着他出门的农夫，最后究竟有没有将"喝死"的他就地掩埋？

但我知道，金刚的死确实与酒有关。金刚只是一个绰号，真正叫什么名字，大家都很少知道。金刚是乡运输队的搬运工，人高且魁梧，面目黧黑，力气大，别人扛一包一百斤重的米包，走跳板装船，累得直牛喘。而金刚则抄起米袋，左右腋下，一边一袋，稳稳当当地装船，气息平匀。故人送外号"金刚"。

一天三顿，离不了酒。早晨，就着包子下酒；中、晚饭，喝酒更是名正言顺。扛包休息之间，人家喝茶，他喝酒，他说喝酒长力气。

后来就喝出了肝硬化，住院治疗后彻底休养。有次看到他在散步，人瘦得只剩副骨架了，脸更黑了，还有层灰气。外婆看到他说，好汉只怕病来磨啊，你看看金刚啊！作孽啊！

没几个月，不见他人了，说又住院了。老毛病加重了，原来还在喝。老婆孩子不让他喝，眼睛都哭得像水蜜桃了。医生护士不让他喝，他就偷偷地喝，床头柜、被褥里藏酒，都被发现了。

护士觉得这下总算可以消停了。可身体的各项检测指标却是越来越差。医生们都纳闷，又是上午九点例行查房，走进病房，金刚正好不在。医生问病友，金刚最近还偷偷喝酒吗。一病友笑而不答，嘴朝着金刚的床下一努，医生明白了，床下放着一把铁罐尿壶，尿壶口露出个瓶口，抽出来一看，是什么东西，不用多说了。

……

出殡当天，四个人抬着棺材从他家出来，走上村里的小桥。上桥还好,下桥可就麻烦了。前面的两人"登登登"地收不住脚,眼看着朝着河边冲过去。这时围观的人群里冲出两员壮汉,死劲扛住抬棺材的杠子,才算止住了脚步。大家都缓过神来,外婆直摇头:"作孽啊!作孽啊!……这么'好'的一个人,好肉剜作疮啊!"

古来圣贤皆寂寞,唯有饮者留其名。

旧书里淘来个一等奖

家里打扫卫生时，看到了书橱里的一本《上下五千年》，勾起了我的回忆。这本书是我的奖品，连同一支钢笔，钢笔帽上刻着一行字：桐乡县小学生历史知识竞赛一等奖。字体很小，但刻纹流畅清晰，只可惜这支灰色的钢笔现在已不见踪影。当时得到这两样奖品，是因为我在县小学生历史知识竞赛中获得了一等奖。

那是五年级上学期，老师推荐我参加了一个训练班，那是从我们年级五个班抽调的人员组成了一个十几人的小集体，迎战当年举行的县小学生历史比赛。辅导老师是一位姓李的老师，瘦高个，皮肤黝黑，终日烟不离手，右手食指和中指的指肚熏得黄黄，连指甲盖也都是黄的。李老师非常和善，上课讲得慢条斯理，不过，讲到得意处，难免激动，嘴角边泛起两小堆白沫。他的普通话带着浓重的乡音，听说他是诸暨人。我倒是能听懂，因为我住的那条街上，街坊们来自五湖四海，绍兴人、诸暨人以及苏北人都有，从小混在这堆人里，自然而然也学会了不少。

每周集中训练一次，周五放学后，李老师会在五（2）班的教室里等候我们，黑板上写满了白色的大字。李老师的字很好看，他们这个年纪的人都有旧学的功底，书法自然了得。同学中有位姓王的，高个子，眼睛大大的，很精神，他经常与我坐在一起。他是我们年级的大队长，学习刻苦认真，曾当选嘉兴市少先队的代表，到北京参加过全国少先队代表大会。记得出发那天，我们学校组成了一支锣鼓队，欢天喜地把他送到车站。他还带了一小篮槜李，是送给邓小平爷爷的礼物。

很快，竞赛时间就到了，竞赛考场就设在我们学校。具体考试的内容已经记不真切了，但是有一道题目让我难忘。题目问，当年北魏孝文帝拓跋宏实行"汉化政策"，下令鲜卑族人改为汉姓，他身先士卒，把自己的名字改为什么？刚拿到这道题时，一时也没了主意，因为没有复习到过。然而就在电光石火那一刹那，我想到了我那本又烂又破的"宝书"——《中国历代帝王纪年简表》，那本书我有事没事常翻翻，把历代帝王的年表顺着读倒着背，有一个条目浮现在脑海里。北魏孝文帝先前的年表都称其为拓跋宏，后几年的年表却多了个括号，括号里写着"元宏"两字。想到这里,我毫不犹豫地写下了"元宏"两字。

说起这本书的来历,也挺有趣,它是我从废品收购站里淘来的。因为常买不起书,所以我们几个同学"穷"则思变,瞄上了废品收购站,常有人家把家里的旧书旧报刊卖到那里。我们时不时地去转一转,翻一翻,遇到本好书,就缠着收购站里的叔叔要书。收购站里的叔叔大手一挥,拿去吧!我这本"宝书"就是这样来的,想不到还真帮了我这个大忙。这本书是杭州大学历史系编写的,当时封二上还印着"杭州大学历史系"这几个字。记得那会儿拿到手时,封面早就没有了。

等考试结束,我就再翻开这本旧书,确认了自己的答案。其他同学都说这道题没有回答上来。

没多久,成绩发榜了,我考了77分,全县唯一的一等奖。当老师把奖品交给我时,我着实晕乎乎了好一阵子。这个幸福来得有点猛烈!这本簇新的《上下五千年》和这支可以别在衣襟上的钢笔,让我觉得脸上有光。

李老师当然最高兴了,以后只要在学校里、大街上遇到我,总要拉着我的手,问我学习怎么样,如果他夫人或女儿在身边,他总不免要介绍我一番,他那因吸烟过度而蒙上一层灰雾的眼睛里也会闪着兴奋的光。李老师已经作古多年,但他的和善,他的渊博,还有他的口音以及高挑而瘦削的身影，总使人难以忘怀。

有天中午，放学回家，走过镇卫生院门口，有几个人在聊天，一位叔叔兴奋地跟边上的人说，我家外甥这次全县小学生历史比赛获得了二等奖！我心说，我也获奖了！还奖到了一本历史书和一支新钢笔呢！

那天中午，阳光照在卫生院的白墙上，特别敞亮。

村里的诨名

生活中与农村人打交道的机会很多,发现农民们的名字大多简单,最易上口,常见的有诸如"阿三""阿四"的名字,少见那些温文尔雅、含义隽永的名字。但这些名字,其实并不简单。很多人的名字前面还带有一些"雅号",如同梁山好汉一样,仔细地考量一番,还真有学问在里头,当然这个学问不属于阳春白雪,只属于下里巴人,质朴可爱。且容我一一叙来:

小时候常坐航船去母亲工作的供销社,船上有个船老大,人们都叫他"豆腐阿荣",人长得干干瘦瘦的,一副公鸭嗓子,两个眼珠突露出来,模样有点吓人。其实正好相反,四十多岁的人,最喜欢与小孩子们嬉戏,常常一群小孩对他一人。自古道,好汉难敌四手,所以他经常落败,一落败,不争气的眼泪"哗哗"地就从他干瘦的脸上流下来,有时还伴着公鸭嗓的几声干号,看来,"豆腐阿荣"的诨名真不是"浪得虚名"啊!

那时供销社的副食品店也卖酒,酒被装在一个大坛子里。每天下午四点左右,有个老头子会准时出现,提着一个盐水瓶来打酒,大家都叫他"麻皮金坤"。他就住在供销社后面的村子里,家里一大堆孩子,穷得叮当响,可酒照喝不误,一喝酒,满脸的坑坑洼洼就更明显了,据说是他小时候出天花时留下来的,因此大伙儿都叫"麻皮金坤"。说到他,就想起我父亲的一个朋友,也正好叫"金坤",当然他就不叫"麻皮"了,他高个子,大家都叫他"长子金坤","长子"就是"高个子"的意思,伟大领袖毛主席不也爱称罗瑞卿大将为"罗长子"吗?再如我乡下老家有个年长的亲戚,一个偶然的机会,听到有人在叫他"胖蚕豆文松",文松是他的名字,我知道,可"胖蚕豆"的诨名倒是第一次听到,忙问村上的人,他们一努嘴,你看,他脸长得圆滚滚的,像不像泡在水里浸透了的蚕豆呢?仔细一想,不禁莞尔,还真是那么回事!而村上另有个我熟悉的人,小名叫阿四,长得黑里透亮,"酱瓜阿四"的名字在附近一带,只要谁提起,大家都知道指的是谁。

人如其名,一听就知高矮胖瘦、黑白俊丑,我觉得这种取名的方法真是艺术,不一般的艺术。

我还记得,当时供销社后面村上有个病恹恹的女人,终年脸色惨白，不过一看就知道年轻时是个美人坯子，叫金娥，以前做过裁缝，四乡八村的人都叫她"裁衣金娥"，一提起，就都会回想起当年这位漂亮的女裁缝是如何勇敢地冲破包办婚姻，与所爱的人结合在一起的故事。说起"裁衣金娥"，谁人不知？

那时，供销社附近的地面上还游走着这么一个人，一个收破烂的小贩。我不知道人们为什么都叫他"狗粪阿金"，是因为他长得难看，还是他从事的收破烂的行当，或者是两者兼而有之。像一坨紫蒜般的大鼻子安在脸的正中，几乎占去了脸的一半……真是毫无章法，还终年淌着鼻涕。一天到晚，满身的酒气，堆了一船的破烂（他住在船上），是不是这个缘故呢？不过，人倒是个挺好的，老光棍一条。我就记得后来他被一个女人骗光了辛苦钱，再后来人也不见了，不知所终。

这些人的"诨名"深深地印刻在我的脑海里，成了我幼年记忆中的一章。

后来，我渐已成人，进而成家立业。妻子来自农村，又有一番新景。先说我的老丈人，他性格开朗，年轻时在福建沿海当过兵，退伍后又在村委会、文宣队待过，而且还爱看几页书，有了电视以后，那更是每晚必看。因此，别看他深居乡村，却格外地能说会道，有时候见了个熟悉的人，天南海北，田间地头，能聊上半天。村人人送他雅号"老太婆"，大概取其絮叨之意吧！当然，老丈人对这个雅号持既来之则安之的态度，依旧保持本色，也是他们村上的一景。

还有，妻子跟我说，在她家附近，每天早上有个小贩在游走，挑了一副担子，卖油条、油饼等早点，天才蒙蒙亮，他的叫卖声就一浪盖过一浪，穿过晨雾，直钻到被窝里，叫得全村孩子们的口水直流下来，缠着父母去买。当然那时条件不好，只能偶尔买上一两次，更多的时候只好听着他的叫卖声解馋。妻子说大家都叫他"哇喇喇金家里"，估计这人姓金，而"哇喇喇"一词在浙北方言喻指特别响亮的声音，不知道是谁给他安上这么个形象的形容词，传神写照，尽在此名之中啊。

妻子的堂哥在家行二，另一表哥在家也行二，大家都叫阿二，那在一起的话，不就是要叫重了吗？这个不用担心，一个叫"大阿二"，另一个叫"小阿二"，大小有别，叫谁指谁，一清二楚，亲戚朋友们是绝对不会弄错的。

恒河沙数，很多有趣的名字散落在民间，如埋藏在地底的宝藏一般，有待于我们去发掘。当然，也许有人会讥笑这些名字的粗鄙不堪，对此，我有不同看法，我觉得这反倒是一种大智慧，在这个环境里，为了区别不同的人，他们想出了这样的办法，就是一种智慧的体现。正如雅鲁藏布江大转弯处的藏族同胞晒的井盐，因为当地山石中富含铁质，晒得的盐呈粉红色，所以当地人就为其取名为"桃花盐"，好好想想这个名字，其中真的是有大智慧啊！而这个名字还不是当地村民想出来的吗？而且叫着、喊着、写着这些名字时，心里就透着一股亲近与温暖。常可以看到这样的情景：同在一个村子里，见了面，打个招呼，一个个淳朴的名字脱口而出，或者聊上几句，或者打趣一下，或者相视一笑，然后各忙各的去了，这种温情在行色匆匆的城市中却是很少能感受到的。

怀念叶富英同学

有我的同学戏言,今年是同学会之年!小学、初中、高中、大学的同学纷纷聚会,一叙当年的同学之谊,颇有席天卷地之势,甚至有人还在组织幼儿园同学会,不知这帮当年的小屁孩们见面时,该是怎样地感慨万千,该有多少的欢笑戏谑。

我也参加了初中同学会,毕业近三十年了,好多同学真就是没有见过面,其间有来往的也不过两三人。但是等坐下来,不需客套与预热,三年朝夕相处的情景历历在目,恍如昨日重现,转眼间都是人到中年,说不完的家长里短,道不尽的当年糗事。推杯换盏,酒酣耳热之际,有同学幽幽地说起,有位同学,她来不了了,她在二十多年前就已经"走"了。

心里乍然一惊,是谁?是谁这么不幸?于是听知情的同学,断断续续地说起:毕业以后也没有了她的消息,大概过了六七年,有同学在医院看到她,脸色煞白,人是异样地瘦,问了才知道是在做血透,一听真的是心都凉了半截,才二十二三的人,怎么就得了这样的重症?问她,怎么不跟同学们联系联系,兴许同学们有帮得上的地方。她只是轻轻地摇摇头,说是实在不愿意麻烦别人。父母陪在她身边,两位老人一脸愁苦。

我们也知道她的一点家世,来自附近农村,住在镇上的陆家弄里,是租住还是自有的房子,就记不清了。只觉得她平时吃穿用都很节俭,就简单的几身衣服换洗,一直在用那只土棉布缝成的书包。一直很瘦,脸上没啥血色。听着同学的描述,可以对应起来了,其实她身体一向都是不怎么强健。听着同学的描述,我甚至可以想见,她一个人坐在透析室门口的长椅子上,头无力地靠在墙上,眼神里写满了空洞与无助。

搜索枯肠,也难以组织起一个关于她的完整的故事或片段,或者是她说过的某句令人印象深刻的话语,因为她在班里实在是毫不起眼,每天安安静静地来,安安静静地上课、学习、写作业,然后又安安静静地回家。有时,在我们嬉戏吵闹的时候,她也会安安静静地看看我们,浅浅地笑一笑;有时,早晨上学时可以在弄口遇到她,挎着那只红土棉布镶着白色蕾丝的书包,浅浅地笑一笑,露出她那副略微向前突出的牙齿。关于她的牙齿,当年促狭的我们,还背地暗暗地嘲笑过一番。

人生这本大书太仓促,而她,甚至还没有来得及翻开就匆匆地合上了;最美的青春序言才开始,她的故事就画上了休止符,如此急骤!而那时的同学们,正走入人生最曼妙的时光,花前月下,卿卿我我,洞房红烛,初为父母,事业小成……

她已经离开我们二十多年了,不知她家两位孤苦的老人现在还安好吗?作为班长,我想代表我们班,为她写下一点文字,表达我们当年没有及时送到她身边的问候与帮助。但是,我们的遗憾真的不是用这么几段话就能表达得完。也许,即便是当年所能帮到的忙只有一点点,若能送达,也许,如今我们心里还要好受一点!

怀念才是永远的天堂!我们永远记得她,一朵素净洁白如她的小花,叶富英同学!谨以此文献给她,献给匆匆而逝的她!

求学之路

　　诗人牛汉在《我的第一本书》这篇文章里，深情记述自己儿时求学的经历。他的第一本书是一年级时的语文书，因为同学乔元贞家贫买不起书，所以他把自己的书分成两半，另一半送给了乔。当他的父亲得知此事后，连夜将这两个"半本书"抄好补全，成为两本完整的课本。牛汉将其中一本送给了元贞，然而元贞还是因为家庭的原因，离开了学堂，离开了教育，终其一生，成了一个挎着篮子走村串户贩卖香烟花生的小贩。字里行间，作者对失学的好友表露出深深的遗憾，感慨教育对于一个人的重要性，感念父亲为他创设的求学条件。作者在文末说到，人不能忘本，这个"本"在我看来，便是人生成长中最有价值和奠基性的东西。不由得以此来对照起自己的求学之路，细细梳理之间发现，在人生成长的几个关键时刻，我没有失去与教育的因缘际会，因而直至今天，还能保持一点对学习的兴趣，并从中也获得了一点乐趣与长进。我是幸运的。

闪回在眼前的第一个镜头是那年去参加小升初考试前的场景。江南六月的一个早晨，阳光敞亮，我们五年级五个班的同学在操场上列队整齐，每个班都是两列纵队，每人手里一个铅笔盒和几张复习卷，全场静悄悄的。校长站在五（2）班教室的廊沿下，他穿着一件白色的确良衬衣，鼻梁架一副大黑框眼镜。他讲了什么我已经记不得了，不外乎是对我们的鼓励与期望。排着队，我们出校门，右拐上街，走过大操场，来到中学校园里，一天三门考试，语文、数学与自然常识，满分230分。考试的情景也已经模糊了，只记得手心里全是汗，因为天热，还有紧张。紧张是因为老师说，最后要淘汰一批人。

考完以后，我就直接去了乡下亲戚家，去享受乡间的清风明月与晚饭后星空下的神仙鬼怪故事。躺在晒场的草席上，听着听着，就在凉风里沉沉睡去，直到大人们将我唤醒回屋睡觉。大概是过了两个星期吧，母亲来接我了，说小升初的成绩揭晓了，我还记得她转过墙角，胖胖的脸上满是汗水与笑意。母亲告诉我，我考了209.5分。分数最高的是一位姓汪的同学，213分，第二的是一位姓徐的女同学，211分，我是第三名。母亲还告诉我，我们班的几位同学没有考上。

后来，过了暑假，我去中学报名时，知道得更多了。我们五个班有近一个班的同学没能继续升学，他们与我一样，领取了人生中的第一本毕业证书，但对于他们而言，这也是最后一本毕业证书。毕业了这么多年，很少有他们的消息，生活中很难与他们有交集，倒不仅仅是年深日久的缘故。真的很想知道一点他们的状况，或者与一两位同学叙叙旧，一起回忆一下那个六月敞亮的早晨。

进入初中的第一天，进教室报到，只见里面坐着两位老师，一位矮矮胖胖，一位高高瘦瘦。只听到那位高个子老师说，从初三回到初一，还真有点不习惯了，你看，这帮孩子真是长得"小"！第二天得知，这位高个子老师是我们的数学老师庄老师，那个矮矮的、眼神很亮的是我们班主任兼语文老师周梦熊老师。老师们，我们"小"有什么关系呢？在你们的教导与哺育下，我们不是会一天天地成长吗？感谢三年初中生活遇到了那么多的好老师。周老师教学功底深厚，心地善良，一手书法柔中带刚，颇有风骨，他给予我学习与人生之路的深远影响；庄老师教学认真，关心孩子们。当年在操场上鼓励我们的哀校长，后来成了我们的地理老师，在他的引导下，我在文史方面的学习兴趣更加浓厚了。还有后来的地理老师黄老师，老先生多才多艺，书画皆精，语言风趣。还记得他让我们猜一个谜语，谜面是"瞎子洗澡",打一国家名,大家百思不得解,他却笑哈哈地道出谜底——"斯里兰卡",原来如此,瞎子在水里洗澡,身上乱揩,取其谐音,大家听罢哈哈一乐,这一乐,三十年以后也难忘!还有我们的数学老师钱月文老师,思路清晰,上课头头是道,大家都爱听她的课,惭愧的是我数学学得不够好。英语卢老师一口地道的发音,老师灵活多变的教学,激起了我学习英语的浓厚兴趣,时至今日,我仍能坚持一点英语学习,不为别的,只为追求其中的学问之美,感谢卢老师这位领路人。

初中时间一晃而过,三年里,自我感觉还是比较努力地学习过。初二时,从河北邢台转来一位女同学,一位学习非常优秀的同学,我们班里还有一位S姓男生异军突起,以及其他不少同学,大家开展了学习竞赛,你不让我,我不让你,学习氛围相当浓郁。毕业考时,那位S同学名列年级第一,我居第二。可是升学考时,我的数学还是出了问题,只考了74分,不过其他功课都还不错,总分520分。那是一个炎热的下午,学校通知我们去领取高中录取通知书,我考入了我们学校的高中部,门卫室里,周老师坐在一张桌子后,笑吟吟地等着我们,手里摇着一把折扇。周老师叮咛我,真正的挑战还是在高中,功课多了,难度大了,你可一定要用功啊!我把周老师的这句话牢牢地记在心里。

　　九月，高中入学了，巧的是，三年以后，我读初一的教室成了我读高一的教室，同班的同学大部分来自周边各所农村初中，而我们原来五个初中班级，近两个班的同学上了高中，还有两个班的同学上了刚办起来的职业高中，还有几十人进了工厂，走上了社会。树荫下，我们普高的教室在前排，隔开一条灌木丛簇拥的小路，那边是他们职高的教室，透过窗户，彼此的笑脸，都可以望见。

　　同样，在高中也遇见了很多好老师，与我们打成一片的班主任沈老师，学问深厚、温文尔雅的语文杨老师，勤恳踏实、水平高深的物理陈老师等。特别值得一提的是，当我看到卢老师又出现在任课老师的名单里时，甭提有多兴奋了，从第一课定语从句开始，我们又可以聆听卢师功底扎实的课程了。还有教历史的周敏老师，虽然他一口难懂的苏北口音的普通话，但是我还是听得津津有味。高中的课程难度加深了许多，但还是那句话，只要下了真功夫，学起来也并不是特别困难，每天都在老师们的教诲下提升，当取得了好成绩时，老师与同学嘉许的目光让青春的热血奔流得更加畅快。只可惜，没有能够与这些老师与同学们一起走完三年时光，高一时我因病休学，转而复学时跟上了下一届的学弟学妹们，很快就与他们打成了一片。同样，另一批良师教给了我们许多。特别是进入高三以后，面临高考的压力，班主任姚圣林老师也是呕心沥血，将全部精力扑在我们身上。紧张的高三一年在七月的骄阳下结束了，但传来的是我高考失利的消息，已经回想不起当时的情景了，唯一有印象的是后来几年中，每到高考季，梦里常看到自己在考场里奋笔疾书的样子。

原来热热闹闹的班级散了。除了少数几位上大学的同学，摆在我们面前的就是两条路：就业与复读。大批的同学开始进单位，镇上国营企业、集体企业林立，要进个单位也不是件难事。其时，镇百货公司正在招收营业员，这间当时看起来富丽堂皇的大商场，着实有点诱惑力，有好几个同学去报了名。得知这个消息，我也有些动摇，毕竟复读之路何其艰难。一是去哪里读？二是复读以后来年的胜算有几成？这些问题横亘在面前，我到底跨得过去吗？这时，家人给予了支持，特别是母亲，她站出来说，儿子，我们支持你重新再冲一次，即便是没地方去读，在家自学一年，明年再考！家人的支持让我吃下了一颗定心丸。也巧，镇工人俱乐部也办起了复读班。负责人程宝中老师当年下乡时也做过老师，为人古道热肠，由他牵头，聘请了几门主课的退休教师。俱乐部三楼成了我们的教室，落榜的同学一下子来了几十个，还有附近县市的同学也来了，这里俨然成了一个规模不小的班级。不再有班委会，也不再有老师管束纪律，大家都是为了同一目标走到一起，都刻苦努力地学习，日子在忙碌中走过了一年。在这期间，聘来给我们上课的语文老师给我留下了深刻的印象，老先生已七十挂零，瘦高个，一副黑框眼镜，面容清癯，书法极佳，古文功底深厚。他一再启示，如果语文要学好，必先在古文方面下功夫，古文是源头，是基础。他的话我一直记在心里，现在也时常以此告知我的学生们。教历史的高老师，山东人，客居此地已经几十年了，一口山东口音的普通话，再夹上本地的土话，引得课堂上时常爆笑阵阵，当然高老师的课不是以此取胜，丰富的学识与系统化的知识梳理让我们在第二次高考时受益颇多。

又是高考季。凭着这一年的认真刻苦，终于榜上有名，以前老大难的数学也有了较大的提高，帮助我过了分数线，452分！是当年浙江省的大学专科录取分数线，而我也正好是这个分数！得知这个分数后，喜忧参半，喜的是终于上了分数线，忧的是这个分数恐怕报学校与专业有一定困难。高考上榜的喜悦旋即被不安的等待所取代，看着同学们一个个拿到鲜红的通知书，我等到九月初，还不见动静。心想，这一次是不是又要擦肩而过，那扇梦想已久的大学校门真那么难进吗？不承想，没过几天，招生办来通知，让我们去市教育局一趟。到了以后才知道，教育局准备组织一批定向培养的生源，前往省内外各师范大学学习，毕业后仍回本地工作。对于这样一个好机会，当然不能放过，于是在协议书上郑重地签下了自己的名字。

同月中旬，在父母与大哥的陪同下，我来到了上海师范大学学习。在学思湖畔捧起一本本大学教材，在209寝室这个光线不佳的寝室里，一帮弟兄们一起度过了两年的学习时间。学校给我们配备了不错的师资，尤其是周红老师，是她把我直接引上了写作之路。记得第一堂写作课后，她布置了作业，我写了一篇《福州路文化街见闻》交了上去；想不到第二堂课时，周老师将我的习作打印出来，分发给同学们学习，这一下子点燃了我学习写作的热情。而后一篇写家乡杭白菊的札记也得到了周老师的好评，她的评语写了整整两页，我至今还珍藏着这本子。周老师的才学与敬业精神，让我时刻感怀不已。当我初为人师，给学生批阅作文时，我也写下了长长的评语，圈点勾画，启发鼓励，这是她给予我的力量。

还有一位教授外国文学的阎老师，他是华东师范大学的老师，每周借到我们这里给我们上课。初见他，被他的模样惊呆了，他没有右臂，上衣的右袖筒空空荡荡，而右脸下巴处也好像被生生地切掉一大块。也许阎老师早已习惯了这种惊愕，哈哈一笑，朗声说道，同学们，我的身体就是日本人侵华战争的罪证之一，当年日本人轰炸上海虹口，我还是个小孩子，一颗炸弹在我家附近爆炸，等我醒来，我的右臂和右下巴没有了！说完就转身在黑板上，用左手刷刷地写下了第一堂课的课题。在阶梯教室里，虽然坐在靠后，但他那左手书法笔走龙蛇，让我对这堂课充满了激情。同样，他的讲课也是如此，声音洪亮，很有穿透力，那件洗得有点泛黄的衬衣时常被汗水湿透。每次上课，他都要倒两趟车，从华东师大中山北路校区赶过来，老爷子六十多了，真不容易。虽然他的课只上了一个学期，而且每次都是来去匆匆，走路生风，我也没有直接跟老爷子聊上几句，但是我永远也忘不了阎老爷子。不是因为他独特的外表，而是因为他身残志不残，对工作、对学生始终充满着真诚、热情与善良，他是术师，更是人师。后来，听说他病逝了，真是可惜！他也许不是大学者，也不是著名的大教授，但是在我们心目中，他的精神弥足珍贵。

  我毕业后参加工作，一届届学生迎来送往，时间也过得很快，娶妻生子，日子平静又充实，业余生活也主要是以阅读、练习写作为主。一晃十年就过去了，尽管课堂上已经能够驾轻就熟了，但自己心里明白，是到了更新知识结构的时候了，面对一群群"嗷嗷待哺"的孩子，我必须有"足量而又富有营养的乳汁"才对。其时，正好隶属的教育行政部门鼓励我们报考教育硕士学位，于是我便报考了华东师大的相应学位。经过认真复习，笔试得了一个好成绩，顺利"晋级"，这其中有英语成绩的大功劳，在全国平均 45 分的情况下，我考了 76 分，这不是运气，是我一直以来没有放下英语学习的缘故，机会总是留给有所准备的人，我一直坚信这句话。又是一年夏天，丽娃河畔高大明亮的文科楼教室里，我与一群来自全国各地的同学们坐了下来，上课、讨论、记笔记、写作业。挤在一间小小的寝室里，虽是挥汗如雨，倒也不觉得有什么苦，用明代开国文臣宋濂的话来说，"以中有足乐者，不知口体之奉不若人也"，我们倒没有吃穿的忧愁，有些生活条件也就不去过分讲求了，学习要紧。

　　三年读研时光，都在上海与桐乡之间奔波。学习也在工作与生活的夹击下，继续见缝插针。当然所获也颇丰，论文得了 A，顺利地通过了答辩，硕士帽的帽穗从一边拨到了另一边，宽大的硕士袍穿着既沉重又轻松，终于我又拥有了一张学位证书。从小学毕业证、初中毕业证、大学毕业证到硕士学位证书，从九岁开始读一年级，到三十九岁获得硕士学位证书，我的学习一直在路上。这期间学到了知识，遇到了许多的好老师，他们教给我文化，教给我做人的道理。感谢他们，也感谢生活，我没有离开学习，也从学习中获得了不少的长进。如果我现在还算能胜任自己的教学工作,如果我现在还算能得到学生与家长的认可,如果我现在还能写一点文章,那是多少年坚持求索的结果,我也每每会真诚地将这份人生体悟传达给一届又一届的孩子们。生活不是光有面包就行了,学习中有诗,有远方,知而获智,智达高远,永远不要轻易地放弃学习。同时,我不断地提醒自己,我的求学之路还很漫长。

这时,眼前忽然闪现一年级时,身材颀长的徐韻清老师缓步走进教室,她穿着一件深蓝色的列宁装,她让我们翻开书本,一起学习拼音字母,"a,o,e,……";还有二年级时,唐玉英老师教我们如何进行"看图写话",那四幅画画的是孩子们在植树节种树的情景……

外婆今年九十三

九十一岁那年,她对着镜子梳头,发现了一根白发,回过头来,对着坐在近旁七十二岁的大女儿说,女儿,姆妈老了!

其实,外婆不老。

外婆爱晚睡,早晨又贪睡,一般不到九、十点是不会起床的,起床后就张罗着她的"早饭"。其实嘛,这顿早饭不吃也罢,因为等到她梳洗完毕,已快到午饭的节奏了,而她还是要认真地吃完一大碗白米粥加小菜,然后就是紧接着吃她的中饭,其间隔也就个把小时。这个节奏从来不曾打乱,一日三餐的安排永远井然有序。

外婆爱麻将。她的麻将经,远近闻名,原因有三:一是历史悠久。据她自己说,当年她是这样开始长达七十多载的麻坛生涯:一手抓牌,一手抱着尚在襁褓中的大女儿(我母亲)!二是牌艺精良,技高一筹。上至七十老人，下到年轻新锐，全都败于她的手下，几十年手下败将几可成军！三是运算高速。她不屑于现今流行的"拐倒麻将"，她钟情的是老式麻将，即每副牌"和"下来，都有不同的数目，再加一点"真金白银"，牌桌上的氛围自然就更加浓郁。当然，她们的"真金白银"也就限于几毛几块钱的"小来来"！她独居的小屋格外热闹，中午十二点，晚上五点半，每日两场，从不缺席，春夏秋冬，寒暑易节，不变的是端坐于牌桌前的外婆，哗啦啦，哗啦啦，洗牌，立牌，摸牌，出牌，吃牌，听牌，八番，十六番，三十二番，六十四番……岁月流转，自1978年退休之后，老太太已经为麻将事业"奋斗"了三十六个春秋，快乐相伴，健康相随。耳聋又何妨，只要眼不花！背驼又何干，只要脑袋灵！麻将胜过名医好药，麻将好比良师益友！

外婆有"志向"。今年表妹结婚，一大家子围坐成几桌，众星拱月，九十三岁的老祖宗坐在最中间，瞧着一大群儿孙，老太太嘿嘿一笑，眼睛一眯，嘴巴里迸出一句来："看看，这么多的下小子（方言：后代）都是我这只根上'爆'（方言：长）出来的！"好不得意！紧接着又来第二句："我还不准备'回去'（去世）呢！我要等到看见几个玄孙（方言：曾孙）结了婚之后才准备'回去'呢！"说着，她拿手指点了一圈几个十五六岁的曾孙子们，"我还要好好地活下去呢！"

就这样，好多牌友都没熬过她，所以，小屋渐趋冷清。但外婆岂会坐视？经多方联络，新的牌友群正在发展壮大中。她也干脆不再邀人聚首小屋，而是亲自出门，"上门服务"，租下一辆三轮，每天中午准时在她位于城郊的小屋前等候，待她打理得纹丝不乱之后，拄着拐棍，上车，直奔新的牌友据点……最后再是打道回府。

一辆三轮，在这个江南小镇的街巷中穿行，上面端坐着我那九十三岁的外婆，时而闭目养养神，时而提起拐棍指指前进的方向，活像一位百万军中的指挥官！

又：写这篇文章时，外婆当年九十三岁，时年为公元2014年；2022年7月26日，外婆离我们而去，享寿一百零一岁。

糊帮板

古镇虽小,但南北四城门皆备。南门外有上百户人家住着,人称"南门头"。这百余户人家从事的行当各式各样,其中就有不少人家曾糊过"帮板"。

以前,男女老少,穿鞋都得靠自己做。做鞋最要紧的是鞋底,一副好鞋底就是一双好鞋子的根。做鞋底就少不了"帮板",同样,裁制鞋帮也离不开它。这到底是怎么一回事?且听我慢慢说来。

首先,"帮板"是什么呀?帮板是用布片糊出来的布板。制作帮板的过程就叫作"糊帮板":打上浆,将一块块碎布片拼粘到案板上。布片大小不一、形状各异,最后要拼成一张长方形,四沿整整齐齐的布板,可也真是得动一番脑筋。于是,糊帮板的人的技艺也分三六九等,一张约有半张四仙桌那么大的帮板,手艺之高下,一眼就能看出来。

已故的继外曾祖母就是一位行家。她老人家一生勤勉，七十多岁时仍不辍劳作。每年当季，阳光明媚，她就搬出藏在楼梯下的几块大木板，先在屋后场院里排开几块，再在屋里用两条板凳架起一块板子，拿出几筐积攒多时的布片搁在旁边。炉灶上坐起一只小铝锅，倒进面粉和冷水，文火慢煮，熬好一锅浆。浆水在板上打好一层，一块块布片在她的手下铺开，妥妥帖帖地伸展，浆水牢牢地将之附在板上，一层、两层、三层……然后再轻轻地揭下，双手提拎着左右两个角，移粘至室外的板上。阳光欣然助兴，一张又一张，半天工夫，晒得四角全部翘起，大功告成（阴天就干不了这个活的）。而这时只需拎起两个角，稍一用力，"嘶啦"一声，将整张"帮板"扯下。一张张码得整齐，以五十张为数叠成一摞。外曾祖母手脚麻利，一个"帮板"季，可以积下这样一二十摞，也就是五百至千张不等。

同街坊的汪家里则是有一批"青年军"在从事这个行当。汪家的三个小伙子一字排开，在堂屋里，上浆，摊布，再上浆，再摊布，揭下，移到室外曝晒。三兄弟像走马灯似的，你进我出，你出我进。街坊上说，看他们糊帮板，那叫一个"快"，像机器一样。自然，他们家的产量也是最可观的。

而河对面的宅院里的那一位，那就要逊色多了。单身汉俞达，出了名的"闲散达人"。他很少做饭，常拿着一把暖壶，到邻居家要壶开水，抓两把米灌进去，塞上壶盖，放上一夜，第二天的一日三餐就可以搞定，丰俭由己。俭时就喝这个米汤水，丰时也不过拿个咸菜头就一下，也不知道这个咸菜头是从哪里变出来的。就是这么一位懒人，有阵子也糊起了帮板。不过，他糊的帮板质量与数量，可想而知。一季下来，也没有几张，且形式也不美观，长短大小，"各有千秋"。收帮板的小贩后来连他的门干脆都不进了，懒得理他。

收购帮板的小贩会定期上门。买上二三百张，放进一个布包袱里，包袱四角拎起往中间打上一个活扣，然后背到肩上。经常来南门收帮板的是一个小老头，身材矮小，力气却不小。背上重重的包袱，身子努力地向前倾，弯成虾米状，人就更加矮了三分。小贩拿了帮板后，四乡八村里走，卖给要做鞋的大娘大婶。

大娘大婶管着一家人的鞋呢，家里干重活的费鞋，小儿郎更费鞋，脚上好像长着嘴，不用多时，新做的鞋子便咬出一个个口子。她们先拿着鞋样放在一张帮板上，沿着边，剪下一个鞋底的形状，再拿一块块布片叠上去，最后再蒙上一个布面，就可以拿针线纳鞋底了，千针万线，细细密密，一双鞋底里全是时光与情意。同样，做鞋帮子时也少不了帮板，帮板蒙在一个厚厚的毛笋壳上，然后再走剪刀，剪下一个鞋帮的轮廓。现在的人们，你们想得到以前竟有这样的"生活智慧"吗？

说到这里，想起一段轶事。糊帮板在北方同样有，不过叫"打袼褙"。抗战期间，二十九军到北京城里最有名的"内联陞"鞋庄订军鞋，二十九军是抗战的队伍，驻守在南苑卢沟桥一带。有天，二十九军的军需官对内联陞的掌柜的说："你这鞋底子里面，是不是都是破布旧布？"掌柜和颜悦色地说道："对不起，劳驾借您背上大刀用一下。"借大刀干吗？刀接到手里，照着一双新鞋一剁，扒开一看，鞋底全是新的布头，虽然不是整块的布，但全是新布拼成的"袼褙"。这就是货真价实老字号，实至名归！不过，小老百姓家里就没有那么多讲究，花不起这么大的成本，多半用的是旧布、破布。

再回到城南街。后来，那个收购"帮板"的小老头不见了踪影。估计老了，也背不动了。来的是他儿子，身材与其父亲像极，但年轻有力气，还骑着一辆自行车。几百张帮板打包放在后座，用绳子绑紧，一溜烟儿地就骑着走了。年轻人眼神很亮，也跟他爸爸像极。算算年纪，到现在他也应该有六十多了吧！

闲人俞达

"一人吃饱，全家不饿！"这句话在俞达身上得到了完美诠释。

傍晚时分，俞达到街坊上的"老虎灶"讨壶开水，回到住所。他的住所，是一间破败大屋的前厅，空荡荡，地板早已霉败，一不小心，就能"吃"了人的脚。楼梯下一张床，其实就是一块门板，光溜溜的一块，一床烂被，经年不换，夏天时，把棉絮从里面扯出来；冬天时，再把棉絮塞进去，周而复始，也不知道他盖了多少年了。堂屋的一侧用砖垒起两个垛子，上面也搁了一块门板，上面胡乱放着几个碗，一两双筷子，一个脸盆。门板下有一个小瓮，装着点米。此外，还有一个煤炉和一个小铁锅，不过他不常用这些物件。

讨回来的开水先倒出一碗，留待饮用。然后从小瓮里抓两把米，小心翼翼地灌进暖瓶，然后再盖上盖子，握紧把手，左右摇几下，就放回到门板上。只待时间与热水的充分作用，明天一天的吃食就这样煮得了。安藤百福说，他发明方便面，是被饥饿催生而成的灵感。而俞达的妙招，必定是被"闲散"激发出来的智慧！

对于城南街的街坊来说，俞达是属于"外来人口"。新中国成立后没几年，他就从自己老家里跑了出来，原先他家里有地，有产业，也是乡里的一富户。怎奈老爹爱抽一口大烟，临到新中国成立前，家底和身体败得差不离了，没多久，两脚一蹬就归了西。新中国成立后三年，俞达十二岁时，母亲也跟着去世了，他便成了孤儿，只好来城南街投奔舅舅。舅舅就让他住在那间闲置的厅屋里，这一住，就到了俞达的中年人生。舅舅舅妈早就过世了，表弟表妹们自顾不暇，他也落得个自在，报了个"五保户"，每月有点补助，就买点米，有时买点咸菜与腐乳，依靠自己的"发明"，日子倒也"闲适"。

冬天一件黑布棉袄，夏天一件千疮百孔的老头衫，有人曾专门为他数过，这件被汗水渍得发黄的圆领衫，背上有二十九个洞，大小形状不一。最难得的是他一年到头就是同一双鞋，一双黑灯芯绒面的棉鞋，夏天了，把后跟鞋帮子踩下去，当拖鞋；冬天时，再把后跟处的鞋帮子拔起来，一双鞋子穿越四季！比之当年西南联大曾昭抡教授那双"空前绝后"的鞋子，有异曲同工之妙！

俞达每天都会去镇委门口的报栏看报。吃罢自制的中饭，他便出门，一路不紧不慢地踱去，双手反剪在背后，胜似闲庭信步。读报回来，已是人家晚饭结束时分。他也顾不得自己的晚饭，踱到街坊上，找个人堆，开始谈论今天的读报见闻，天南海北，国内国际，倒有不少人聚拢来听他演讲，讲到兴奋处，手不时地在空中一挥，颏下三四根鼠须也似乎要飘动起来，两片肥胖的巴掌肉（脸颊）上下抖动，"这个中国女排真是结棍，在日本大阪，第三届世界杯女子排球赛，中国队七战七胜，首次荣获世界冠军，日本人再有铜钿也打不过我们，哈哈……"

可有人还是那么促狭，说着说着，冷不丁地插进一句，"俞达，日本人有铜钿，你家以前也有铜钿，家底浓厚啊！"俞达一听，脸上立刻现出不自在的神色，先前的神采一下子就不见了，"不要讲这个了，休去烦伊（说起它）"，手在空中一摆，站起身来，走了。

"家底浓厚"这句话其实是他自己经常在人前提及，"想当年，我俞家在东泉乡也是有名气的，家底浓厚……"起初人们还应和他几声，但后来就像祥林嫂一样，阿毛的悲惨遭遇，开始还能赚得一帮老婆子的唏嘘与热泪，几次三番，就没人要听了。俞达自己也觉察到了，不说了。可街坊上总有人要提起，只要一提起，他就立即变了脸色，悻悻地走开了。

他是性情和顺的人，人们总是这样跟他开玩笑，撩他痛处，他也不甚恼，只是独自走开了。一帮小孩子有时也会捉弄他，跟着他背后喊"俞达家家底浓厚，家底浓厚……"，他就转过身来，撮起嘴喊几声，"去去去，走开走开，小人家不懂经（不懂事）……"

后来，街道居委会见他的光景一天比一天差，就让他到街道办事处帮忙记记账，每月发给他一份工资，也吃上了食堂里的饭菜，那个暖壶里"做饭"的创举从此就淡出江湖了。

第三辑

清明吃螺蛳

清明吃螺蛳

又是一年春好处,和风拂面,暖意熏人。一盆螺蛳,二两小酒,是清明前后餐桌上最应景的吃食。经过一冬的蛰伏,螺蛳在水底把自己养得肥肥壮壮,整个壳撑得严严实实。常言道:"清明螺,顶只鹅。"吃过的人,都深知其味。等过了这个节令,螺蛳完成了传宗接代的任务,一身精华消耗殆尽,已经是骨瘦如柴了。

本地坊间有俗语道:"前世不修,螺蛳过酒。"意思是前世没有修下好福气,这辈子只有受穷的命,鸡鸭鱼肉吃不起,只好弄点螺蛳来做下酒菜。这虽是戏谑,却也道出了吃螺蛳本就是平民的"盛宴"。穷苦人家,大鱼大肉进不了门,嘴里想沾点荤腥,也很方便:房前屋后,小河沟渠密布,只需伸出手去,河埠头的石阶下,渠道里的水坑边,密密麻麻的螺蛳任君采撷,不消多时,一碗螺蛳便可到手;滴上两三滴菜油,在水里养半天,逼它们把腹中的泥土吐尽,再用剪桑树枝的大剪刀剪去尾部，备好姜葱，就可下锅，猛火爆炒，加入浓酱，鲜香四溢，不知勾起了多少人的馋虫。

螺蛳是如此易得，以至于这个时节，家家户户都会炒上满满一大碗。家里的小孩子最得福，吃饭时，专门盛一小碗放在孩子面前。小孩子往往三口两口先把饭扒拉下去，然后再空口美美地吃螺蛳，不在饭桌上吃，而是溜到街面上吃。邻居家的伙伴们会不约而同地出来，一人一碗，面对面，用手捏起一个个螺蛳，放在嘴上吸，有时还故意吸出很大的声响来，很是得意。而要是吃到一个臭螺蛳，那表情就难看了，拼命地向外吐掉，还跑到屋里拿一大杯凉水来漱口，嘴里还"呸，呸"地吐口水。

大人们会交代孩子们，吃下来的螺蛳壳不能随意扔掉，要扔到自己家的屋瓦上。于是，一群孩子站在屋檐下，用力把空壳扔到瓦上，螺蛳壳从高处滚落，发出"嗒啦啦"的声音，然后就没了声响，躲藏到不知哪个瓦缝里了。这也不完全是小孩子的把戏。以前的老屋，都盖土烧的黑瓦。年深日久，瓦片里会生出一种毛虫来，大人说，这个虫叫"瓦蛆"，大小形状如半根火柴杆，黑褐色，浑身长满毛，会不停地扭动，会像蜘蛛一样放下丝线来，会钻过瓦片下盖着的篾片来"拜访"住客。要是被它蛰一口，会鼓起一个小包，疼上大半天。而把螺蛳壳扔了上去，小虫们有了"住宅"，自然也就"安居"了，不会再钻到人家里来惹是生非了。

汪曾祺说："我们家乡清明吃螺蛳，谓可以明目。用五香煮熟螺蛳，分给孩子，一人半碗，由他们自己用竹签挑着吃。孩子吃了螺蛳，用小竹弓把螺蛳壳射到屋顶上，喀啦喀啦地响。夏天检漏，瓦匠总要扫下好些螺蛳壳。"他的文字里倒没有说过这个功能，不知道他们家乡高邮有没有这样的习俗？我们这里，也有"清明吃螺蛳可以明目"的说法。

本地烹制螺蛳，不外乎酱炒和清炖。我母亲喜欢吃清炖螺蛳，螺蛳洗干净，倒入土菜油和生抽，上锅蒸。她说，炖出来的螺蛳汤最有味，用以淘饭吃，好吃得来！

崇福镇万岁桥堍曾住着一位中医骨伤科郎中，叫杨小帆。七十年前的清明，由于顽皮，我母亲的手臂脱臼了，到他诊所去看病。其时，老爷子正在吃饭，桌上一碗清炖螺蛳。他一边吃，一边嘴里嘟囔，年纪大了，咬不动螺蛳肉了，不过清炖螺蛳的汤可以淘饭，鲜得来，拍巴掌都不放！我母亲对此印象深刻。

不过，我以为，清炖螺蛳里如果再放入三两条汪刺鱼，滴上几滴菜油，味道则更鲜美。清明前后的汪刺鱼，吃了掉落水中的嫩叶、嫩花，最肥美。二者结合，恰逢其会，相得益彰。

油条赋

要说中式早餐，豆浆和油条绝对是主要角色。豆浆，有爱喝甜的，也有爱喝原味的，我们这里则是爱喝咸的。往豆浆里倒少许酱油，再放入切成条块状的油条，等油条吸饱了汁水，把它送入嘴里，软软糯糯；再加点葱花，豆黄色的浆水面上，浮动着碧绿的小葱，增色增致。以前售卖的咸豆浆里，除了油条，还会加入切碎的肉丁、榨菜沫、五香豆腐干粒等，内容丰富。而现在，也许是图省事，这些小料不再加入，浆里只剩下油条了。不过也无伤大雅，咸豆浆里只要有油条，那就行了，油条是咸豆浆的灵魂。

回想起儿时求学时，每天必得早起，摸黑下楼，搬出煤油炉子，坐上一口小铝锅，放入昨夜剩下的冷饭，倒上水，加热一下就可以吃，佐餐之物必有咸菜、酱瓜、腐乳，一年四季如是。不过，有时也可以改善一两回。大人给一毛钱和二两半粮票，我便向镇上国营小吃店飞去。买一个烧饼四分钱,二两粮票;一根油条三分钱,半两粮票。店前常排起长队,等轮到自己,一手交钱,一手交货。把烧饼撕一个口子,将油条折断塞入。边走边嚼,等到了学校门口,东西也吃完了。用手一抹嘴,就直奔教室。这一套可比泡饭酱瓜"耐饿"得多,一上午也不觉得饿。冬天早上吃热烧饼和烫油条,尤有味。烧饼和油条冒出来的热气,在清冷的空气中格外清晰。

后来,小吃店开始"多种经营",开卖粢饭团。一桶热气腾腾的糯米蒸饭,挖一勺搁白布方巾里,摊开,添上一勺白糖,白糖中间卧一段回锅油条,这油条讲究要"老"一点,颜色比头回炸出来的深多了。裹起白布,左右手向相反方向一拧,再摊开,一个饭团吐露而出。咬到第二口,便可遇到白糖与油条,糖的鲜甜与油条的酥脆相融,嚼之享受无比。除此味之外,还有咸菜油条粢饭团,咸甜易味,主角还是油条。至于还有人爱吃三合一,咸甜混杂,很是受用。所谓萝卜青菜,各有所爱是也。

妻子出身于农家,年龄稍大时就开始替家里分担家务,特别是当其父母在田间忙碌时,她更是做饭、洗衣样样都不落下。她说,忙了一天,时近暮时,某小贩的叫卖声就一声声传过来,整个村上的孩子都知道是谁来了。此小贩,人送雅号"哇喇喇金家里"。本地言人嗓门大,常称作"哇喇喇",又习惯于称某户当家男人为"某某家里"。他可是小朋友们的"知心朋友",每天下午三四点钟,他把城里小吃摊上没卖完的油条一网打尽,然后挑着一副担子,在四乡八村里转悠,用他的大嗓门勾起孩子们的馋虫,"油条,油条,油条要不啦……"

这些美好的回忆时常出现在脑海里,成了儿时最鲜活的生活印记,也写入我们的饮食基因里。即使是现在,每每吃一回油条,也会不时地忆及往日情景,不知不觉中已经成了一种情怀。

油条亦可入菜。其中一味就是油条汤,盛夏之时常见于农家桌上。时值抢收抢种之际,农人起早贪黑,一天忙下来,没工夫做菜。于是一碗开水、一根油条、一勺酱油,一碗油条汤就成了。条件好点的人家,还会切点榨菜丝或者撕两片紫菜加入,那滋味就更赞了。作家汪曾祺说,他会用隔夜油条煮汤,他在给朱德熙的信里记了一笔:"极滑,似南京的冬苋菜(也有点像莼菜)。"可见,油条汤之深得人心。而较之繁忙的农人,小镇人家生活似乎节奏慢一点,他们常吃油条丝瓜汤。丝瓜是夏天当令之食材,清热祛暑,加油小炒,而后加水,待煮沸后加入油条,清汤里浮起,与碧绿的丝瓜相映成趣。一看见这道汤,暑热就先消退了三分。

还有一道也是属于汪老的菜品，谈起他自创的油条嵌肉，老人则颇为自得。他在《老味道·做饭》里写道："塞肉回锅油条，这是我的发明，可以申请专利。油条切成寸半长的小段，用手指将内层掏出空隙，塞入肉茸、葱花、榨菜末，下油锅重炸。油条有矾，较之春卷尤有风味。"不过，相比汪老的这道略带富贵气的油条菜品，油条清汤或是丝瓜油条汤则可以称得上"文人雅士"了。

现在饭桌上流行一道芝士油条，回炸过的油条淋上芝士酱，嚼之不知为何物，食后才知黏糊糊的乳酪里裹的是油条，美其名曰中西合璧，不过，我总觉得这个菜有点"硬"，两者做不到琴瑟谐和，好比是一对年久失和的夫妻，貌合神离。同样，有点生硬的如某国际快餐连锁店，入乡随俗，也卖起了所谓的"安心油条"，短短粗粗的一根，售价六元，似乎不是平民的饮食，偶尔品尝可以，若经常吃，亦不合算。说实话，他们的油条味道远远不及路边小摊，那些小摊虽然看去油锅黑黢黢，案板脏兮兮，然而其油条的个中滋味自不待言说。这就好比外出游玩，品尝当地的美食，一定要找那种街头巷尾、犄角旮旯里的鸡毛小店，那里才是正解。

小小的一根油条，大江南北，看似雷同。其实，这里面藏着的物态人情，还真得大有趣味呢！

美食作家沈嘉禄有记言,他曾经在青岛街头看到一家早餐店,店里的几位大娘都在忙着炸油条,案板上炸好的油条已成堆。他感到十分纳闷,还以为人家家里要办什么事儿,一问才知道,原来这小山似的油条是准备明天赶早儿卖,青岛人买油条是论斤的,不论个数。对此,他着实感到了惊讶,东西南北中,都是吃油条,人家吃得就是这样地豪放。

这样的场面,我自然是没有见识过。不过留在记忆里有这样一幕:某个冬天的早晨,在小区对面的早餐店里,有过这样一位大哥,身穿一件老式军棉袄。他一进门,就嚷嚷着要了四根油条,两碗豆浆,每个碗沿上搁两根油条,一眨眼的工夫,四根油条就着热气腾腾的两碗豆浆,全都下去了。只见他吃得满脑门子流汗,额头亮晶晶的。店堂里的寒气也似乎为了他而退避三舍,好一个元气淋漓的汉子!此情此景也让我有点自惭形秽,一碗豆浆和一根油条成何体统?于是乎,就想起了梁实秋在《粥》里是描写的上海人的早餐:"早餐是一锅稀粥饭,四色小菜大家分享,一小块豆腐在碟子中央孤立,一小撮花生疏疏落落地洒在盘子中,一根油条斩做许多碎块堆在碟子中成一小丘,一个完整的皮蛋在酱油碟里晃来晃去。"梁先生描绘的,以及我面前摆着准备吞下去的,是不是有点太寒碜了?抑或是小家子气十足呢?

油条的叫法各地不一,山西称之为麻叶,东北和华北很多地方把它叫作"馃子",安徽称其为"油馍",广州及周边地区称为"油炸鬼",潮汕地区等地则叫其"油炸果"。《清稗类钞》有记载,浙江有些地方称油条为"天罗筋"。天罗就是丝瓜,丝瓜瓤老干燥后剥去外壳,就得到了丝瓜筋,其形状与油条极像。民间智慧就是这么活色生香!记得我小时候,大人小孩们都把油条叫作"油炸桧"。这个叫法的来历想必大家也不会陌生,抗金英雄岳飞最后被投降派势力害死,百姓将怨愤寄托在一个个面捏成的"小人"里,将之下油锅,千烹万炸,以解心头之恨。不过,现在"油炸桧"的叫法很少有人提起了。当我问及我的学生们,他们都云不知。在我看来,这个叫法里有历史的风云际会,应该告诉他们,让他们知道油条最初的来历,这关乎文化的传承,不是小事。

除此之外,还有不少跟油条有关的说法呢!本地人有一种说法,叫作"还汤油条",常用来调侃自己年纪大了,腿脚不灵便了,于是就慨叹,罢了,罢了,要做还汤油条了。意思是要像油条那样重回油锅里炸一炸了,才能恢复往时的精气神。最熟稔的当然是"老油条"一说了,对于一些调皮可爱的孩子,我们也常称其为"老油条",这是戏称。至于老油条的另一层意思，不说大家也是明白。隔了夜的老油条吃起来别有风味，可做人就不要做"老油条"了，不论是职场上，还是与人交往中，"老油条"是最不受欢迎的。

漫话桐乡面

一如桂林人爱吃酸中带臭的酸汤粉,一如重庆人喜食红油翻滚的麻辣火锅,一如山东人一日也不能离的大饼卷葱,桐乡的面早就写进了桐乡人的生活里,他们享受它、牵念它、离不了它。生息于这片物产丰足的土地上的人们啊,你们感受到了因它而起的幸福与喜悦了吗?

苏州面

二十多年前,刚到上海读大学。学校在漕河泾,去市中心要转两次车,换乘地点就在打浦桥一带。有次去福州路文化一条街,坐上43路一路晃荡,到达17路车换乘站时,已经快中午了。于是踅进站牌边的一家小面馆,要了一碗辣肉面。只见伙计将面条投入锅中飞快地煮熟,捞起盛入大碗中,加上面汤,再拿起勺子从灶台上的一个大脸盆舀起浇头,搁到面碗里递给我。当时,我不禁诧异了,上海的面条是这样的做法啊？再看灶台上七八个大脸盆，全盛满了诸如大排、雪菜肉丝等已煮好多时的食材，来一碗舀一勺或夹一块放在面上，由食客端走享用。看着鱼贯而入又出的众食客，看着机械化操作且表情僵硬的伙计们，这碗面的味道，亦是让我终生难忘。

自小读了陆文夫的《美食家》，文中人物"美食家"朱自冶每天必早起，叫上黄包车，直奔老字号"朱鸿兴"吃"头汤面"的情节，让我一直以来对苏州面心生神往。后又读台湾史学家、文化学者逯耀东先生的作品，先生忆及儿时在苏州的生活，笔下神情毕现："每天早晨上学过鱼行桥，必到朱鸿兴吃碗焖肉面，蹲在街旁廊下与拉车卖菜的人们共吃……后离开苏州，但那滋味常在舌尖打转。"于是，我对苏州面的好感又增了一层，心想有机会到苏州一定要去尝尝。

前几年有机会去苏州游玩，安顿以后，便出去寻找面馆。没走多远，就瞥见前面有家面馆，上有一大红金字招牌：中华老字号传统美食。心想肯定不错，走进去点上一碗名扬天下的清炒虾仁面，所花不菲。收银员示意我前往大玻璃隔着的后间取面，只见面前一幕如此熟悉：各种不同的浇头盛于一个个大号铝盆中，当我把面牌从窗口递过，一位面无表情的阿姨操起面条往身旁的大锅里一扬，又很快地从锅中撩起面条，面汤未尽，即倾入碗，舀一勺虾仁，撒一把小葱，将碗推到我面前。

顿时，多少年来培养起的美好感觉，霎时灰飞烟灭，当年的美食家朱自冶与逯耀东老先生儿时吃的就是这样的面食吗？

这样的做法又怎能与我们桐乡的小锅面一论高下呢？

小锅面

遍布于大街小巷的面店，一如平常的人家，店面不大，一两间而已，常以夫妻店居多。店面也常一分为二，前店后厨，有的干脆是当街砌灶，典型的鸡毛小店；也有这样的店面，两间打通，有十几张桌子，这算是阔气的店了。灶台边排开一溜的新鲜食材：肉片、腰花、鳝鱼、牛肉、肚片、门腔等，一应俱全。如果点的是河鲜之类的食材，则讲究活杀，如有食客点黑鱼面，店主人马上从缸中捞起一条黑鱼，当街一甩，手持利刃，开膛破肚，再切成鱼片，一气呵成。

当门往往高挂大红纸书就的面牌，上写各色面点及价格。待食客进得门来，选好面点，店主麻利地拣食材下锅，猛火熟油，食材甫一下锅，腾起火焰多高，大勺子急速翻炒。与之同时，店主同样以极麻利的手法将一把面下到另一大锅里，大锅里开水翻滚，散开热雾迷蒙。只消两三分钟，他用笊篱将面条捞起，用力甩几下，再顺势往高处一提，手腕翻转，面条在空中划出一道圆润的弧线直入小锅内。面条与食材恰逢其会，火苗舔着锅底，从食材里渗出的味道与面条汇合在一起，水乳交融，最后再撒上碧绿的葱花或蒜叶，热气腾腾，香气扑鼻。食客的味蕾就此绽放，自然是舌尖翻转，滋味尽享！

如此美味的小锅面，当然是每天顾客盈门，热闹非凡，春夏秋冬，吃出了一大批老主顾。这些老主顾多半是本地食客，他们的一天就是从相熟的某家小面馆开始的：起床后洗漱完毕，直奔面馆，与店家打个招呼后坐下来，从一把沏好的大茶壶里倒上一杯酽茶，或者干脆自己动手，撮茶叶，泡上开水，茶喝了一两杯后，唤一声"吃面喽"，不用多说，店家知道客人的口味，轻车熟路，不用五分钟，热气腾腾的面就端上桌来。有时，食客想要换换口味，便会说，今朝换点花样吃吃了，来碗虾腰面吧！好嘞，店家一声答应，手下就又忙开了。

食客之间也彼此相熟，几乎每天都见面，一杯茶，一碗面，有时还来上二两半老酒，边吃边聊，天南海北，家长里短，坊间传闻，皆为谈资。冬天里，屋外清冷，店里却是人头攒动，话语奔流，窗玻璃上也聚起一层白蒙蒙的雾气。那屋里的炉火、灶上的热面汇合而起的热气,更是店里的人气。夏日里,夜晚积攒下来的凉意还未全部褪去,有时甚至还有阵阵凉风,大伙儿就干脆坐到屋外摆开的桌前,一边吃面聊天,一边享受着难得的清凉,恰似某欧洲小城街边的露天茶座,一杯咖啡一张报纸,看得到时光停下来的样子!

"小毛头"面店

说到相熟的面店,我也有一家,那是崇福镇春风大桥堍的一家面店。店主是位中年男人,大家都叫他"小毛头"。起初也不知道这家面店,后经表哥介绍,说小毛头手艺不错,让我去尝尝。去了一回,果然名不虚传,于是就经常去光顾。

店里由小毛头掌勺,他妻子负责清洗、端面等杂活。两人身材都不高,都是方脸大眼,极有夫妻相。

店开在旧式的厅堂房子里,两间店面都是落地窗门,古色古香,店面并不临街,须走上几步台阶,然后左拐才可入室。就在这两间房子边上,临时搭建一个小间,用作厨房,厨房的案板上放着十几个盆子,盆子里盛满了各色的新鲜食材。小毛头煮面动作极快,先将食客指定的食材下油锅翻炒,几乎与此同时,将一份面条丢入边上的大锅里，然后操起笊篱将面捞出，甩去汤水，直入小锅，与食材合二为一，再加入佐料，只消三五分钟，一碗香气四溢的面条就做成了。面条与食材的火候掌握恰到好处，增一分太烂，减一分则过生。

面店的生意非常兴隆，从早到晚，忙得不停，还做夜宵，专门等候那批从牌桌散出来的食客，常营业至凌晨一两点，而第二天早上又照常是开门迎客。小毛头掌勺，妻子打下手，两个人像陀螺一样地转。因为常去吃面，与小毛头也熟络起来了，就发现他面色灰黑，眼袋很深，脸颊也常见浮肿，有时走路也一瘸一拐，以为是过分劳累所致，后来才知道他肾脏有疾患，一直在治疗。也常劝他多注意休息，他总是微微一笑，习惯了，习惯了……

后来因工作调动，离开崇福了，我也就很少再去他那里吃面了。后来听说，小毛头已经去世了，才五十多一点。我不禁叹息：生命不能承受如此之重，劳逸结合，张弛需有度。现在他的面店还开着，由他女婿在打理，生意依旧不错。不过手艺与老丈人相比，还有一段距离，毕竟小毛头烹制面条多年，其煮面的精髓与神韵不是三年两载就可以琢磨出来的。

真想有机会去一次，尝一尝小伙子的手艺，也衷心祝愿他手艺日进，如此也可告慰其老岳丈的在天之灵。此时此刻，眼前似乎又看到那张略带浮肿的方脸，守着两眼炉灶、七八方桌子，夙兴夜寐，三百六十五天，劳作不辍，实在让人肃然起敬。斯人已逝，余风犹存！

红烧羊肉面

红烧羊肉面亦是桐乡面的一大特色。本地特产湖羊，肉质细嫩，入酱油、绍酒、甘蔗、红枣等佐料以大锅焖烧，满街飘香，足可引得佛跳墙。这里红烧羊肉面的吃法也与众不同，面条煮熟后入大碗羊汤里，另用一中碗盛上煮透的羊肉，吃时将羊肉覆于面条之上，羊肉香味渐渐浸透面条，面条滑润，羊肉酥香，回味悠长。有的食客更喜欢叫上一碗黄酒，不时啜上一口，佐以羊肉，好不惬意！

以前，酥羊大面只售一季，所谓"朔风起，羊肉香"，冬天苦寒，而羊肉又是上佳的温补之物，所以冬季食羊肉大面是当令上选。每年至立冬前几日，售卖羊肉大面的店铺开始张贴大红告示，上面毛笔手书：自立冬日起，本店供应酥羊大面，欢迎品尝。待立冬日，店中羊肉飘香，自然是食客盈门。

时移事异，渐渐地，这张大红告示越贴越早，"自十月一日起，本店开始供应酥羊大面……""自八月八日起，本店开始……"，而现在更是四季皆有，沿街专售羊肉大面的店铺遍地开花,大浪淘沙,历经多年的经营,有几家竟也打出了品牌,每天从早到晚,四方食客寻味而来。

如某街,并不是一处热闹去处,但街上的某羊肉面馆声名远播,生意红火,即便是炎炎夏日,每天也可以售出两只整羊的分量。而这一拨拨食客中,就有这么一位,每天清晨五点,就从杭州驱车出发,出城区,走高速,奔桐城,所为何来,就是为了吃一碗酥羊大面。说这一位是杭州四季青服装市场某批发店的老板,对桐乡的羊肉大面情有独钟,所以天天不辞辛劳,赶赴桐乡吃面,而且这一吃,就有好几年,真是一位铁杆粉丝!

说到羊肉大面,也常忆及过世二十多年的大舅,他最爱吃羊肉面,在亲戚朋友中是出了名的。未患病之前,每年逢到饭店开始售卖羊肉面时(那时只有公家饭店有售),每天一早,大舅骑上他心爱的永久牌自行车,一路直奔饭店,待过完瘾后,才去厂里上班。后来因为得了肝病,医生嘱其忌口,尤其是羊肉这类发性很大的食物,他也只好忍痛割爱,但又实在是割舍不下,好在店里的师傅都与他相熟,他就让店里的人专门给他来一碗羊汤面,又请他们在面里多下蒜叶末,用他自己的话来说,羊肉不能吃了,喝点羊汤,闻闻大蒜叶的香气,也不错。

大舅心灵手巧,没怎么上过学,理发、木工、油漆等诸般技艺都是自学成才，且手艺上乘。我家里的几件家具都是他一手打制、上漆，至今还是漆面锃亮，光彩依旧。可惜，天不假其年，正值壮年的他，二十七年前，永远离开了我们。

要是他现在还健在，今年正好七十。要是他现在还健在，我和表哥一定陪他吃遍本地有名的羊肉面馆，他老人家一定会大呼"过瘾"!

说来也奇怪，人的肠胃拥有很强的"记忆功能"，它似乎不会随着主人远走他乡或漂洋过海也"入乡随俗"，它一直生活在"原乡"，保留着斯土斯民给予它的润泽与滋养。当一个人来到异地，肠胃往往会害起"相思之疾"，由此衍生出种种的不舒坦。

晋人张翰有"莼鲈之思"的美谈，为了家乡的美食，他可以挂冠而去，乘秋风返归故里，一慰平生之思。今人汪曾祺老先生也有记述：某年他受邀参加在美国爱达荷州举办的国际作家训练营，到达之日，是夜，主人极尽招待之能事，准备了各种西式美食以飨众人。而他却感觉如坐针毡，好不容易挨到了招待会结束，他大着胆子，凭着几句半吊子英语，愣是在当地找到了一家中餐馆，一碗面下肚，周身三千六百个毛孔终于缓过劲来，才感到心底踏实，浑身舒服。

一方水土养一方人啊，此话千真万确！

生于斯长于斯的桐乡人，从小吃惯了品种如此繁多、味道这般鲜美的小锅面，天长日久，肠胃里自然也种下了本地的"基因"。当主人身处异地他乡时，这潜藏着的基因便会悄悄地蹑步而出，化身为一只无形的手，在不经意间，牵动着你的胃，噬咬着你的心。此情无计可消除，才下眉头，却上心头。

有位朋友曾亲口讲述过他的经历，有一年冬天，他们一行人去西欧公干，每到一地，早餐几乎都是面包加牛奶，更要命的是，牛奶全是冷鲜，冰冰凉的牛奶，冰冰凉的天气，没过三天，肠胃就开始闹腾了。他开始无比想念桐乡的阿能面，特别是那款再经典不过的咸菜肉丝面，一碗热面在手，一个美好的清晨在握。可一时半会儿回不了桐乡吃面，于是他就充分发挥想象力，想象着以前吃面的情景，并与同事们大谈特谈，同事们戏为"谈面充饥"。当飞机刚在浦东机场着地，他就开始广发微信：回到桐乡，第一件事就是去吃一碗咸菜肉丝面。等看到他的第二条微信：咸菜肉丝面，我来啦！诸位看官，你聪明的，该知道此时此刻，他在做什么吧！

后来才知道，他真的是连家也没回，拖着硕大的行李箱,直奔面馆,一倾相思之苦,然后才折返回家,倒头大睡,倒时差!用他自己的话来说,一碗面,让他找到了回家的路。呵,与桐乡面的感情可以达到这样的程度,可敬!

无独有偶,有一年春节去厦门旅游,一家人去品尝了当地有名的沙茶面,所花不菲。漫步回来的路上,我请孩子点评一下沙茶面味道如何,他只吐出一句话,还是桐乡的面好吃!

呵,又一个新生代桐乡面的"痴恋者"!

镬糍香正浓

浙北一带的农村里,以前常有种吃食,叫"镬糍",是用糯米加工而成的,不同于做饭时留下来的锅巴。一片片,或是一卷卷,薄薄的,焦黄而脆。吃的时候,抓一把放在碗里,放上糖,糖有讲究,最好是赤砂糖,这里习惯叫作"红糖",然后再冲上热水,眼见着镬糍慢慢地吸饱了水,一片片地软下来,就可以喝了。稀里呼噜,一小碗热气腾腾的镬糍汤下肚,嘴里甜甜的,肚里暖暖的,周身舒畅。

说到这镬糍汤,还真有很多话可以说!它可是一种饱含着喜庆色彩的吃食,平时人们一般不舍得吃。大过年时要吃,正月正,走亲戚,寒风里来来去去,主人家就早早备下了一碗碗镬糍汤:抓一把年前做好的镬糍片,放在一个个碗里,搁上满满一勺子红糖。客人来了,主妇们一边招呼着,一边往一个个碗里冲上滚烫的开水,孩子们往往在旁帮忙,把一碗碗的镬糍汤递到客人们的手里。几口热汤一下去，四肢百骸的气血都走开了，路上裹挟来的寒意早就没了踪影。然后再嗑上一把瓜子，剥几节带壳花生米，今年田里的收成，明年蚕茧的憧憬，都跟着刚才那股热乎劲弥散在家家户户的房前檐下。清代郑板桥在《板桥家书》里有这样的记载，"天寒冰冻时暮，穷亲戚朋友到门，先泡一大碗炒米送手中，佐以酱姜一小碟，最是暖老温贫之具"。还有汪曾祺先生记述家乡高邮的风土时也说，"我们那里还有一种可以急就的食品，叫作'焦屑'。煳锅巴磨成碎末，就是焦屑。我们那里，餐餐吃米饭，顿顿有锅巴。把饭铲出来，锅巴用小火烘焦，起出来，卷成一卷，存着。锅巴是不会坏的，不发馊，不长霉。攒够一定的数量，就用一具小石磨磨碎，放起来。焦屑也像炒米一样。用开水冲冲，就能吃了。焦屑调匀后成糊状，有点像北方的炒面，但比炒面爽口"。炒米、焦屑，还有这镬糍，都是平民的吃食，普通且让人觉得亲近。

  过年要喝镬糍汤，结婚的大好日子，更是少不了它。大婚当天，新郎官前呼后拥地来到老丈人家接新娘子。先别急，新郎官，还有男方的众位亲朋好友先看座，围着堂屋里的八仙桌坐下来，一人一碗镬糍汤，先尝尝。甜在嘴上，更甜在心里，今后的小日子甜甜蜜蜜，讨个好彩头！新郎把新娘接出闺中，拜过双亲要离开娘家了，妈妈要给女儿喂一口甜甜的馕糍糖汤，喜的是女儿长大了，要做新人家了，酸的是女儿养这么大了，如今就是别家的人了，心里忍不住有点酸，酸酸甜甜，五味杂陈。

女儿过了门，十月怀胎，小家伙呱呱坠地。家里肯定是一阵忙乱，要给产妇准备点有营养的东西，大人小孩，都要好好地补一补。馕糍汤烧鸡蛋，什么营养都有了。吃了一个月子的馕糍煮鸡蛋汤，产妇的脸也吃得红扑扑，还闪着光，气色真不错，奶水也多，小家伙一笑就是两个深不见底的酒窝，小胳膊像一节节粉嫩的莲藕！这东西与北方农村里专给产妇喝的那个小米鸡蛋汤一样，最能养人！亲戚朋友们也都来慰问，少不了一大包馕糍，外加几十个自家鸡窝里摸出来的蛋，有的还加上供销社副食品店里买来的赤砂糖，用马粪纸包着，拿纸绳扎成四四方方的一包，上面还放上一小张红纸，快乐祝愿全在这一点红里了。

说了那么多令人高兴的事情，接下来就说说这馕糍的做法了。馕糍的原料就是上好的糯米。根据水乡时令，糯米的收获大概是在秋末初冬，也就在那时，主妇们陆陆续续地做开了馕糍。她们会先把米淘洗干净，搁在竹淘箩里晾上半天，据说这样可以使米更粘，更好吃！然后把米放在大锅里蒸，柴火添得旺旺的，热气涨满了屋子，糯米饭的香味四处飘逸！接着就赶紧把蒸好的饭取出来，取一块饭团放在另一个大锅子里，这时灶下帮手早已经把另一个大锅烧热了（浙北农村人家里一般是双眼灶）。饭团放下去，拿锅铲使劲地一摁，手下的动作往两边走，就好像山东人摊烙饼那样，饼摊得越薄，越见功力。这种做法就叫摊镬糍，可见两者同理！摊镬糍时用劲要大，而且要巧，否则摊出来的镬糍不是太厚，就是焦煳了。灶下烧火的人也有讲究，火要烧得适中，太旺就焦，太弱又摊不开。这个道理，是乡下的小姨父告诉我的。他也是一个摊镬糍的好手，人长得高大又有力气，又会用劲，四村八乡里都夸他的好手艺，说他比主妇们还会摊镬糍。而我家另外一家亲戚，每年则是女主人担纲"主演"，可惜她人太矮，常使不上劲。不过她也有办法，搬过一个小板凳，人站在上面，问题就全解决了，摊出来的镬糍照样又薄又香，而且一大张一大张的，少有碎片。摊镬糍时，我们一帮小孩子就围在灶台边，她时不时会给我们几片新摊好的镬糍，入口即化，这股味道永远不忘怀！

渐渐地，镬糍也成了商品，菜场里，每天都有农妇兜卖自家加工的镬糍，担头上挑着七八袋装在尼龙袋里的镬糍，等着顾客的光顾。不过，她们这种镬糍的做法已经异于从前了。她们事先把糯米轧作粉，调成糊状，再放到锅里去摊，省了不少工序，也省去了其中的真味，摊出来的镬糍外形近似，可用水一冲泡，原形毕露——真正的镬糍会慢慢吸着水，逐渐软化下来，很有嚼劲，历久也不糊；可这种镬糍片儿冲上开水后，用不了一两分钟，就化作一碗糊糊汤，又香又糯的滋味根本尝不到。现在超市里更有包装精美的镬糍在售卖，大袋子里是一包包分开包装的镬糍，还配上一小袋的白糖，不是红糖，我不想买来品尝。曾有意大利人讽速溶咖啡为"洗脚水"，这样的评价未免偏激。我不敢妄断速溶咖啡与手工磨制咖啡之间有什么差别，毕竟我们不是喝着咖啡长大的，外来的东西，有时总觉得隔着一层。但是我总觉得，现在商品化了的镬糍，味道不会那么地道了。

于是我常怀念在灶边接过一片刚摊好的镬糍的情景，常回想人们在冬日捧着一碗镬糍汤，边转着碗沿边喝着的样子，那时，他们的脸都冻得通红通红；也常在脑海浮现起出产妇接过一碗镬糍蛋汤时的笑容。我知道，我怀恋的是那融化在碗里的质朴的诗意。

家乡肉

我家对门九十五岁的汪老太太,她习惯把过年时腌的咸肉叫作"家乡肉"。冬日暖阳下,老太太搬一把矮背的小竹椅坐在屋檐下,眯缝着两眼,享受着阳光的温暖,更沉浸在回忆的温暖里:"老辰光的'家乡肉'真是叫好吃,阿拉爷(我父亲)把肉腌好后挂在太阳里晒,晒好后切几块放在镬子里蒸,那香味,吃起来是打巴掌也不放的!"

是啊,过年腌咸肉,准备些干货,这个习俗不知是什么时候开始的。每至年末,家家户户陆陆续续地着手腌肉,有些人家还会添上些风鸡、酱鸭之类的东西,挂在房檐下,风吹日晒,过些时日就可以享用了。年里要是没有这些腌货来请客或佐餐,心里就会觉得空落落的,用时下的话来说,会感觉没有什么年味儿。相信很多人的记忆里,都不会缺了那一块块在阳光下泛着油光、渗出白霜(盐)、沾着花椒的肉,那回忆是温暖与厚实的。

也许会有人这样说，现在早已不是过去那个吃用都匮乏的年代了，什么时候想吃啥，超市里一走，不就全有了吗？干吗还要兴师动众地干这个活，又要买，又要洗，还要腌？太麻烦了！的确，而今我们生活丰裕，很多以前看似稀奇或珍贵的东西，早已是触手可及。可有时当这些东西来得太容易时，幸福的味蕾却不再敏感，在我看来，未免带了些许的遗憾！

读过的一些作品，常常会留给我这样充满温馨与诗意的描述：偏远的山村里，辛苦了一年的农民们，将一口喂得肥肥壮壮的猪杀了，留下大部分做成腌腊肉或者烟熏肉，然后挂在屋檐下接受阳光雨露的滋养，那些在风中晃晃悠悠的肉勾起过多少人甜蜜的馋意啊！新年里，客人一到，主人便会切下一大块，切成薄片，撒上一把红红的辣子，猛油爆炒，飘出的香味爬满了村子的每个角落。吃着一盆红艳艳、油汪汪的辣子炒咸肉，再抿一口家酿的绿莹莹的米酒，这次第，怎一个"美"字了得？芸芸众生，辛苦劳作，年复日移，不就图个衣食丰足、平安顺利吗？尤其是在大过年时，一碗敦敦实实的咸肉曾经维系着多少人对乡谊、亲情的向往，刻写着他们对平凡而又实在的幸福的渴求。

近年来，外地来打工的人越来越多，拖家携口，操着不同口音的人，用执着与辛勤书写着生活的点点滴滴。要过年了，在很多人选择回家团聚时，有不少人却选择留下，只为故乡山长水阔，只为来回花费不菲。但同样要为过年忙碌一番。眼见着一串串腌肉、风鸡、腊肠挂了出来，房前屋后全是，有人干脆拿几根细竹竿搭个支架，横一根更粗一些的杆子，然后挂出块块腌肉，串串肉肠。而支架边，照例会有几个女子操着乡音聊天，边聊天还手里忙着毛线活儿，还有几个小孩子绕着竹竿嬉闹，有时大人们会叱上一声，然而他们依旧玩自己的，根本没有理会。每每看到这样的情景，一种踏实的感觉油然而生。

走到单位的门卫室前，只见小黑板上写着"李某某，四川快件"。朋友小李正笑呵呵地端着一个沉沉的邮包！

"是你爸爸妈妈寄来的好东西吧？"我跟他打了个招呼。

"是啊，是啊，是腊肠哩！"小李快活地答应着。去年这个时节，他请我尝过，那味道，用他自己的话来说，那叫"好巴适哟！"

去年过春节时，父母不在身边，我家阳台上少了父亲一直以来必定腌制的年货。望着对面阳台上那一串晒红的肉，不觉心动。跑到菜场，买了六七个猪蹄，用父亲平时的做法腌起来。但待到吃的时候，却怎么也吃不出父亲做的那个味道来！

对汪老太的称法，我总想弄个究竟。一个偶然的机会，在《金华晚报》上读到了这样的记述："家乡肉"的叫法，据说和北宋末年爱国名将宗泽有关。宗泽是浙江义乌人。有一年回乡省亲，返程时，乡邻与亲人们纷纷以鲜肉相赠。宗泽携肉上路，从义乌至东京汴梁，路途遥远，交通不便，颇费时日。宗泽惟恐鲜肉腐败，便在肉上撒盐防腐。等到了京城，肉已经干燥，香气扑鼻。用之飨客，众人皆赞不绝口。有人问及肉是从何而来，宗泽回答说是"家乡肉"。

朋友老杨来自陕西汉中，过年请我们赴家宴。众宾团坐，酒酣耳热，老杨用筷子指着一大盆肉汤招呼大伙儿："来，来，大家来尝尝，这可是我父亲给我寄来的，大巴山里的肉啊，巴适得很！"

烟火味深藏

端午刚过,余味还浓。

说个老话题吧,粽子。前不久得了一盒包装精美的粽子,国外某知名饮料连锁商生产的。尝过后,总觉得少了点什么,于是马上就想起了凤鸣路上那家卖粽子的小店,他们家的大肉粽子才叫够味。咬一口,粽叶清香,糯米润泽,肉香四溢,令人久久回味。店主人是老两口,都退休了,闲不下来,实实在在地包粽子,生意特别好。

走进他们家的小店,老太太面前一大盆调好味的糯米,右手边还有一盆切成条状的五花肉,已用酱油等调料腌制多时。看她包粽子,手法熟练,只一会儿,粽子就包好了。老头子负责煮粽子,电饭煲、煤饼炉双管齐下,文火慢煮,粽子慢慢地散发出诱人的香味。近来,门口的柜子上多了两块牌子,一块写着"微信支付",另一块写着"支付宝扫码",也算是与时俱进吧!

既没有商标,也没有精美的包装,想吃热的,大锅有煮着的;想带回家的,筐里有包好的。顾客们多半是打包回家,与家人一起分享这城里有名的美味。看得见,摸得着,手工活,家常味,烟火气浓浓。

其实,人们更多偏爱的就是这类人气美食。比如,台湾作家、美食家逯耀东先生笔下的那碗大肉面,那碗叫人魂牵梦萦的大肉面。苏州,寻常巷陌间,早起上学路上,一碗小面店里的大肉面下肚,开启元气淋漓的一天。川北小镇,诗仙故里,江油城内,人头攒动。肥肠一盆,白饭一碗,醋汤一勺,这个早饭吃得实在是"巴适"。至于香港美食作家蔡澜先生,那更是到处探访流连于深巷小街之间,尝得东家,舍不得西家,流连于这一家家充满烟火气息的美食。

当然,也不是说大酒楼、大厂商做不出好吃的东西来。只是美食这个东西,说来也挺有意思的,一旦大批量制作、工厂化生产……种种之后,味道就减了几分,甚至完全变了味。究其原因,还是少了点烟火气。就好比我们桐乡人钟爱的小锅面,好吃的地方必定是那些"鸡毛小店",油腻腻的灶台、黑乎乎的厨房,常常是丈夫主理、妻子打下手。天大热时,气温加炉温,"主厨"干脆就只穿一件汗衫,肩上再搭块毛巾,猛火升腾,锅铲勺盆一通响,一碗咸菜黑鱼面便上得桌来。这时,端碗的老板娘不小心,踩到了店里养的那只猫的尾巴,猫咪"喵"的一声走开了,叫声里似乎有点怨气。

出门旅游,无非就是"逛吃",各地皆有自己的招牌美食。如何找到当地真正的吃食?我以为,且不必过分在意什么"网红地"、什么"美食一条街"。倒不如,自己去探访,什么大楼背后的小巷子里,什么便民菜场边的小街上,那里一定会让你乘兴而去,饱腹而回。没别的,那里就藏着地道的人间烟火味儿。

汪曾祺家里有次来了客人,老头子直奔菜场买菜。可家里人等了三个多小时,也不见他回转。找去一看,老爷子在菜场边的一家小馆子里一个人喝开了,小馆里的美食勾得他老人家食指大动,竟然忘了家里还有客人这一茬了!你可猜得是什么招引得他如此这般?

最是人间烟火味

凭谁问，哪里最有人间烟火味，那必定是菜场！

大到一个城市，小到乡下集市，何处没有菜场！凡常百姓，居家过日子，生活的幸福有时就系在一个菜篮子上。各色人流汇聚到这里，在琳琅满目的各色菜品前，挑选自己中意的东西，然后又流向千家万户，周而复始，一年三百六十天，天天如此，似乎单调乏味，内里却演绎着平凡日子的精彩。这里实在是一个好去处！

武侠小说家古龙说，一个人如果走投无路，心一窄，想寻短见，就放他去菜市场。那意思再明白不过，一进菜市场，看到这里涌动的生活热流，定然会厄念全消，重新萌发对生活的向往。作家雪小禅也是对菜市场情有独钟。她说，"最喜欢逛的地方——当地的菜市场"；她还说，"我有一个癖好，就是每去一个地方都会去它的菜市场逛逛，因为那里充满人间烟火气息和茂盛的生命力……或许大抵与古龙先生所见略同"。

而我呢，此刻站在菜市场门口，像一位铁杆粉丝欣赏主队比赛一般，鱼腥味、菜叶味、生鲜肉味、烧饼味、萝卜丝饼味、臭豆腐味、吆喝声、剁肉声、水槽哗啦声、运货小车司机大吼声、小孩子哭闹声，混杂在一起，组成一团热流，不知不觉间，将我包围在其中。呵，这里便是生活世相的万花筒，一幕幕、一幅幅，哪一样不生意浓浓呢？

冬天的清早，寒意逼人，菜场门口有一家仙居人开的烧饼店，炉子旁的生意非常红火，不说那一圈围着火炉候饼出炉同时偎火取暖的人们，单说店堂里坐着的那个精壮汉子，就一件老式的军用棉袄，把肥胖的身躯裹得紧紧，最上面的两个扣子也没有扣上，只露出一个光秃秃的粗短的脖颈。"老板娘，来两碗甜浆，四根油条！"一声叫嚷，很有气势，老板娘放下手里炸油条的活儿，端过去四根油条，又麻利地舀了两碗浆，加糖，递给他。看这汉子腮帮子一时间塞得鼓鼓，又低下头去沿碗边儿一嘬，发出响亮的吱溜声。眼见着，他那理着板寸的头上一缕缕热气升腾而起，在清冷的空气里格外显眼，好一个元气淋漓的汉子！好一股五谷滋养的元气！

离早点店不远，是一长排的肉铺。有一家，我比较熟悉,小两口,从湖南永州来,先前是在广东打工,有老乡在这里,所以也就跟了过来,带着一个孩子。开始是在我所居小区附近赁了间农民房,丈夫开辆电瓶车,车上安块厚木板,从肉联厂里批来猪肉四处售卖,妻子则在家里接点羊毛衫套口的活儿。丈夫手脚利索,嘴巴也甜,生意挺不错,半年后,就在菜场里租了个铺位。夫唱妇随,一个斫肉,一个收钱,配合默契。上完秤后,丈夫还会在旁边的一大块肉上割下一条,放进顾客的袋子里,估计这招儿引来了不少的回头客吧!生意好时,妻子也会舞起大砍刀,"乒乒乓乓"一通砍,手法娴熟。要知道,就在半年前,身材瘦小的她还在侍弄着套口这样的细活啊!生活啊,你是最高明的"艺术家"!

补鞋老头的家伙什缩在一个不起眼的角落里。老头一脸乱蓬蓬的花白胡子,连夏天时,也穿着那件"四季常青"的中山装,多半时候看见他坐在补鞋缝纫机后打盹,头不由自主地垂落,又猛地一抬,睁开眼睛惊讶地盯着马路上的车来人往,有时却见他亢奋不已,走来走去,絮絮叨叨,自言自语,瞧这神情,愤愤不平。也许有啥事惹他不开心了,是日益清淡的生意吗?他边上修自行车的老头,也没生意,但仍有一个收音机在旁咿呀唱着,他闭起眼睛,享受得很,气定神闲!

一位六七十岁的老太太，菜场的老主顾了，只见她驻足于一个菜摊前，顺手抄起一棵大白菜，熟练地将外层的烂菜叶剥去，一边跟摊主聊开了，你的菜多少钱一斤，你的菜怎么这么多烂菜叶，你的菜还真不便宜……手里的活儿也不见停歇。只看得摊主急红了眼，阿姨，你这样掰下去，这菜就没法卖了。待到此时，阿姨才悠悠地说，你给我称一称。遇上这样精明的主顾，摊主真是不好对付，这哪是卖菜，简直就是斗智斗勇！

除了精明的买主，也还有精明的卖主。卖菜的人手一个大塑料瓶，隔三岔五给菜上点水，红的椒，绿的菜，紫的茄，一经水的滋润，立刻就水嫩鲜活，还泛着水珠的光泽，卖相十足，引得买家不由得停步挑选。那几家肉铺的灯光，也有讲究，一整排的暖色灯泡，再配上橘色的灯罩，黄黄的灯光映得分割好的猪肉愈发地油光锃亮，怎么不生出几分购买的欲望来呢？卖螺蛳的老太太则在时间上做打算，一把大剪子，咯吱咯吱地剪开了螺蛳，剪去了螺蛳屁股，扔进一个大水盆里。水盆边竖着一块牌子：加工螺蛳，每斤三元。而没剪过的呢，行情行市，每斤一点五元。她用手里的剪子和时间扩大了价值，不也是一位精明的卖家吗？

菜场也是一地物产集中展示的舞台，如果能厕身其中，总会有新的发现和默契于心的收获。有一年夏天去磐安，山里小城，天宇明净，阳光敞亮，清晨去走一走城里的菜场，看到菜场里有很多售卖药材的摊位，中药"浙八味"的产地，果然名不虚传，凭此倒让我识得了好几样的药材。此地又是著名的香菇之乡，市场里出售的新鲜香菇着实诱人，与平时常吃到的干货全然不同，个大肥美，鲜润无比！当下就买了几斤准备带回去与家人共飨。

还有一次，也是旅行途中，涠洲岛，碧海蓝天，帆影片片，三五好友，租住渔家，可以自己采购食材，由渔家代为加工。看到同一屋的云南驴友一家摆满一桌海鲜，食指大动，于是自告奋勇去逛菜场。向晚时分，各家小渔船都汇聚过去，栈桥边自然形成了一个集市，刚出海的各式海鲜，任君选购，石斑、皮皮虾、梭子蟹、扇贝、乌贼，应有尽有。看中了一只大乌贼，身上一圈圈浅色斑点，在偌大一个水盆里游弋，优哉游哉，正想伸过去抓，说时迟那时快，这家伙猛地喷出一团浓黑腥臭的墨汁，兜头盖脸，从衣服到裤子，全部中弹。一边的主人赶紧带着我到了一处水龙头边冲洗一番，我一边冲，她在一边笑，可能在笑我的狼狈之极，脸上的墨汁是洗干净了，可衣服裤子上的污渍是洗不掉了。这也算是这次奇妙的菜场之旅的见证吧！至于那条大乌贼，最后还是没有逃脱"魔掌"，成了我们餐桌上一道鲜嫩的白灼墨鱼片!

……

文物学家王世襄也算是逛菜场的行家,哪家的菜最新鲜,哪家铺子能买到最好的佐料,他都一清二楚。他不但会吃,做菜的手艺也是一流,常自备原料和厨具,骑着自行车赶赴诸好友家中献艺。他曾得意地说:"年轻的时候,一次做几桌菜;不以为是难事,反以为是乐事。很多年过去了,不少厨师一直认为我是他们的同行,而并不知道我的真正工作单位是在故宫里。"他的绝活儿焖大葱曾是多少食客的念想!

著名作家沈从文先生有言,乡场中那一派空气,一阵声音,一分颜色,都能够使我们觉得满意!我们用各样器官能吃了那么多东西,即使不用口来吃喝,也很够了。

沈从文先生的高足汪曾祺先生也曾说:"到了一个新地方,有人爱逛百货公司,有人爱逛书店,我宁可去逛逛菜市。看看生鸡活鸭、新鲜水灵的瓜菜、彤红的辣椒,热热闹闹,挨挨挤挤,让人感到一种生之乐趣。"蔡澜也说,他最爱逛菜场。

我的心思与他们的一模一样。

寻常食事最缱绻

一粥一饭，一菜一汤，日子在平常里过。不经意间，一个个平常里的味道就潜藏了下来。记忆的春风吹起，这些曾经的"味道"恰似春草长起，绿意浅浅，使人心生欢喜。

小吃部门口的春卷

一口沸腾的油锅，一长溜儿等待的人。大年初一，空气清冷，崇德路两边摆满了摊位。公家商店，私人小铺，都要趁着年里一展身手。这不，镇上的小吃部摆下了一个摊位——卖油炸春卷。油炸食品的香味似乎有意与寒冷的空气作对，天气越冷，香味越浓。好不容易轮到自己，一小张裁好的旧报纸裹着一根春卷递到你手里，油花立刻穿越了报纸，把热力传递到手心里，忙不迭地咬一口，粉脆的皮子在嘴里碎裂，馅料不失时机地紧跟而出，白菜清香爽脆，水分饱满，搭配猪肉，使之极尽鲜美之能事。一口汤汁忍不住地从嘴角流下。三五个小伙伴每人一根春卷，用力一咬，相视一笑，心里都在想，口袋里的压岁钱还有，要不要再来一根……这一口春卷的美味，每到年关，它又如约而至。

阿姨家的手擀馄饨

轮船转过石门湾到靠岸，飞过东高桥，穿过镇子，直奔木场桥。桥堍有一班航船载我回到西圣埭，那里有一碗馄饨等着我。阿姨从江苏常熟嫁来，带着一身的好手段来了，手擀皮子只是她拿手绝活之一。面粉加水和成团，揉、按、搓、团、押、醒……直至"面容"光滑，如同孩儿面一般。这时，她便运起那根如孩儿臂粗的竹棍儿，用力在面团上一压，然后往前一滚，再往后一滚，面团顺势延展开去，成一面饼。面饼卷上竹棍，继续向前滚压，等再次展开时，面饼比先前几乎大了一半，神奇之至。不消多时，刚才的一个大面团子，就变成一张大小如八仙桌般的薄面饼。阿姨再拿刀横切竖划，一张张皮子就做成了。馅料是猪肉加榨菜，包好放入大锅里煮。煮开时，一个个馄饨如同一只只水里嬉戏的小白鹅，活蹦乱跳。捞到碗里，皮子筋道，馅料鲜香，真好吃。其时，阿姨家生活尚拮据，平日里不见荤腥，然只要我去她家，一顿馄饨必定少不了。贫寒里生出来的暖意，最让人感怀。

流浪汉的霉干菜烧肉

你可否相信，一个流浪汉曾招待我们吃过一顿霉干肉？320国道沿镇而过，穿过国道便是广大的田野，那里是我们一帮住在镇郊的孩子们的天地。捉鱼、摸虾、摘桃、偷豆……也结识了一位流浪汉，姓张，我们都叫他"老张"。他住在桥下，一领草席摊在桥洞，再垒一个土灶，便是他的全部家当。我们玩耍之余，也常钻到桥洞里去坐坐，听他瞎聊。

有一年夏天，台风来袭。第二天，风平浪静。一帮孩子们继续消遣暑假的大把时光，吃罢中饭又开始了乡间巡游，发现路边吹倒了一棵树。不知是谁提议，老张平时烧饭需要柴火，我们不如将这棵树拖去给他吧。说干就干，几个人吭哧吭哧将这棵断树拖到了桥洞边。老张先是被这棵大树吓了一跳，后来又笑了起来，招呼我们进桥洞。桥洞里有肉香味，他说他在煮肉，他要请我们吃肉，霉干菜烧肉。揭开缺了个角的砂锅盖，肉汤"咕嘟咕嘟"翻滚，香气四溢。来，每人一块，烫，香！老张用筷子夹肉，摊到大家的手心里，老张瘦巴巴的脸上笑开了花。

"玲阿娘"家的梅花糕

冬日，闲逛新市古镇。寒风瑟瑟里排队近一个小时，终于等到了古镇名吃"玲阿娘"梅花糕，一尝果然名不虚传。当然也要留几块带回家去，让父亲母亲品尝这口老味道。开车去接父亲赴哥哥家吃饭，一入座，父亲就发现了放在座位上的梅花糕，拿过一块就吃上了，嘴里不住地赞道：还是以前的老味道，这个梅花糕有几十年没有吃到了。三口两口吃罢，老父亲就对着我讲起了"老话"：我小时候，村上"出市"都到新市来，岑山老家到新市才七里路。你爷爷还养了上百只鸭子，鸭蛋攒多了。你爷爷，你伯父，还有我，就摇着船来新市卖。卖脱了就在新市镇上逛逛，吃碗小馄饨，买块新市茶糕，再吃块梅花糕……

一把青红丝，一颗大红枣，带着猪油香热腾腾的豆沙，咬一小口，豆沙从嘴角流出。玲阿娘家的梅花糕是新市最有名的，历经百年，是老底子的味道。不知，父亲当年吃的可是她家的梅花糕？

新年里的镬糍糖汤

有一年春节，随母亲去乡下亲戚家"做客人"。天寒地冻，鼻子止不住淌下清水状的鼻涕。等到了亲戚家，檐下摆了一张方桌，方桌上十几个小碗排开，碗里放着镬糍。一种用糯米饭手工挞制而成的食物，有卷状，亦有块状，略带焦迹，白中透黄，顶上则盖着一层厚厚的红糖。主人见我们到来，忙招呼我们进屋坐下，转身到门口，拿起热水瓶往碗里加水，然后捧着碗端到我们面前，"来，先吃碗镬糍糖茶！"

冒着热气的糖茶，混合着镬糍的焦香与红糖的甜香，一口吞下肚，一条热线笔直下到了肚里。走了不少路了，这时肚子也真有点饿了。一碗糖茶，三口两口都下了肚，嘴巴里还在回味那丝丝甜味，热力已经在全身走散，刚才的寒气早就没了踪影，吃得急了，额头竟沁出细微的汗珠。清代郑板桥的笔记《板桥家书》有云："'天寒冰冻时，穷亲戚朋友到门，先泡一大碗炒米送手中，佐以酱姜一小碟，最是暖老温贫之具'，觉得很亲切。"

他们吃的是炒米，我们喝的是镬糍糖汤，都是好东西。

汪曾祺曾说：四方食事，不过一碗人间烟火。

崇福的早点

上学的时候,早饭吃得最多的是泡饭粥。点起煤油炉子,隔夜冷饭倒入一个小钢精锅,热一下,几分钟就可以吃了。就着点剩菜或是咸菜,吃罢匆匆赶去上学。

偶尔也会改善一下,那就是要靠上学路上的一路"早点"风景了。

大运河穿过小镇,河上有座大桥,叫春风大桥。桥的东堍,有一家国营烧饼店,芝麻烧饼四分钱一个,油条三分一根,整一套七分钱,外加二两半粮票。油条塞进烧饼里,热气腾腾,边走边吃,等吃得差不多时,学校也到了。油腻腻的手指放嘴里吮几下,再在衣角或裤子上擦几下,就进校门了,开启半天元气淋漓的学习。比起一肚子清汤寡水的泡饭,烧饼实在耐饿。烧饼店的营业员是几位阿姨,后来多了一位年轻的姑娘。她刚结婚,常穿着大红色衣服,她家就住在烧饼店楼上。她丈夫有一辆大红的"幸福"摩托，下午放学时，我们常看到他拎了一桶水在洗车。他妻子在边上看，嘴里嗑着瓜子。

烧饼油条也不能常吃，毕竟口袋里没多少零花钱，粮票也还紧张。若是心里有了一本心仪的小人书，那就更要省下一根油条，就单吃一个烧饼，甚至有时只吃一根油条。

走到春风大桥西堍，右手边有家春风点心店，包子、馄饨、馒头、茶糕、青团子……既可在店堂坐下来慢慢吃，也可打包带走。店堂里辟出一个小间，四周落地玻璃，临街处开个小窗。顾客从这里交钱与粮票，又从这里拿买到的点心。售货员是个中年男子。那副眼镜，呵！那镜片厚得如啤酒瓶底，一圈又一圈，少说也有七八百度。到了冬天，刚出笼的早点们热气蒸腾，镜片更是蒙上了一层雾气。我常怀疑，别人给他多少钱，他看得清吗？

一路向西，在太平弄口与崇德大街交汇处，有家饭店，名字也有趣，叫"小吃部"。其实卖的是各色热炒，小酒一杯，三五小菜，是待客宴宾的好地方。平时不卖早点，可到了大年初一，一早，店里就会搬出一个大油桶改造的炉子，上面架一口大油锅，就摆在马路边炸春卷。一个人抄着长筷子炸，另一个在下手帮衬。一根根春卷在油锅里翻滚，香味在清冷的空气里回旋，油锅边排起了一溜长队。孩子们过年都有点压岁钱，不能亏待自己的五脏庙。一毛钱一根,来两根!店员拿一小张旧报纸一包,递到手里。张口一咬,好烫,差点烫出个泡来。大白菜和猪肉做的馅,在热油的夹攻下,白菜的清香与猪肉的鲜香融合,无数个香味的分子在嘴里飞扬,嘴角边汁水顺腮边,差点流到了脖子里。这么冷的天,热乎乎的春卷,是永远抹不去的美好回忆。直到现在,就再也没有尝到过这么好吃的春卷。

再往前走,那里是大众饭店,大众饭店是镇上最高级的饭店。进得大门,左边大堂卖炒菜,右边进去是卖各种早点,品种丰富,任君选择,还有热豆浆卖,咸的甜的都有。最令人牵挂的就是门口售卖的生煎包子。一个柴油桶改成的大炉子,一个大铁盘子,倒入少许油,把捏好的包子一圈圈排好,从里到外。再加入一大勺水,盖上一个大木盖。等锅内"滋啦"作响时,揭开盖子,一把葱花撒进去。那香味,直上云霄!你三个,我五个,一会儿工夫,一大盘生煎包就卖完了。

小镇人有句老古话,叫"饭店面前摆粥摊",意思就是做同行生意竞争。那时节,大众饭店西几十米,在电影院的广告牌下面,有一个回族老爷爷卖羊肉包子,他一家老少都在摊上帮忙。富强面粉擀的包子皮,羊肉馅料又多又香,还会放上一点羊肉汤冻成的皮冻。一上蒸屉,那股香味,实在令人难以抗拒。他家的包子特别好吃,一毛钱一个，也不贵。特别是冬天的早上，冒着热气的大包子，两个下肚，早已把全身的寒气都赶走了。坐着听课，一个上午都不觉得冷。老爷爷姓苏，皮肤白皙，脸膛儿红红，鼻梁高高，瞳仁带点灰绿，和本地人长得确实有点不同。

再向西走，已经快到崇德路的尽头了。尽头处有一家小吃店，是春风点心店的分部，店堂里的格局与总店类似。店里吃馄饨的人最多，十几张四方桌人来往不歇。里间灶台上，两口大铁锅热水翻滚不停。灶台师傅往一口锅里倒入馄饨，又操起大汤勺从另一口锅里舀出热水，往灶台上一字儿排开的碗里倒水，而后又用小勺子，往碗里加猪油，好似蜻蜓点水一般。等馄饨熟透，师傅手中的"兵器"换作了一把大笊篱，只见他往锅里一抄，舀起馄饨，快速分放入十几个大碗里，一气呵成。

店里的三个跑堂早已候在一旁，端起馄饨放一个大盘里，六碗。一个转身，便往店堂里送。三个人中有个小矮个，最吃苦耐劳，端着盘子，在店堂穿梭不停，汗水流下来，就用挂脖子上那条已经看不清颜色的毛巾擦擦汗。他是个"蒸笼头"，一到冬天，热气从他头上冒出来，袅袅而上，依稀可见。他是我的一位街坊，因为个子特别矮，打了一辈子光棍。平时寡言少语，是个老实人。

其实美味的早点不仅落在崇德大街上，寻常巷陌之间，也藏着人们期待的美食。小镇有条幽静的老街,叫"县街",顾名思义,以前是县衙的所在。想当年,也肯定是热闹的地方。县街两边住满了人家,间或有一两家小杂货店。后来,有人在街上开出了一家早点店,卖馄饨和鲜肉烧卖、粽子等早点,生意一天天地好起来,每天早上顾客盈门。尤其值得一提的是他家的烧卖,不仅料足味美,而且特别卫生。店主是有心人,他把竹筷截去一段,正好可以放进蒸烧卖的蒸笼里,放醋的小碟子也搁进去。一笼烧卖蒸好,筷、碟也完成了一次"高温消毒之旅"。这一招,用小镇人的话来讲,清通(干净利落)!吃着放心!再后来,店搬到了小菜场,店面扩大了几倍,精工细作的传统还在,生意依然红火。这家的店名叫"久鼎斋",现在在县城里也开了分店,生意一样地好。看来做生意讲究实诚、用心,店名也取得好,一言九鼎,货真价实,生意自然越做越好,久久自芬芳。

小镇人早上也爱吃面。春风大桥走过,右拐往北走,走过东大祥棉布店,便是春风饭店。那里每天早上供应面点,主要就是下里巴人的"阳春面",一年四季都有。而阳春白雪的"羊肉面",要等到立冬以后。西北风一阵紧过一阵,饭店门口便贴出一大张红纸,上书:即日起供应酥羊大面。一时间,食客如云。我大舅就是一位忠实拥趸,时常光顾。但是后来因为肝病，不宜多吃羊肉。于是他就改吃加了羊汤小面，面里不放葱花，放蒜叶末，一放就是一把。用他自己的话来说，大蒜叶放多一点，香，感觉吃起来更像羊肉面；如果不吃这碗面，上班踩自行车劲头都没了。只可惜，他过世三十多年了。至于后来，个体经营的羊肉面店也一家家开出来，"红纸广告"也越贴越早了。国庆节才过，就开始卖羊肉大面了。再后来，索性一年四季都卖羊肉面。不过，还是冬天吃好，羊肉温补，当令。

除了诸如春风饭店这种"公家店"以外，私人小面馆也可以在街头巷尾寻得，谁也不清楚镇上到底有多少家面店。小镇的特色是小锅面，各家有各家的绝招：张三家的鳝片炸得恰到好处，李四家的咸菜肉丝鲜美异常……张三爱吃宫前街的面，李四想去春风桥堍的面店……浇头单独烹制，起锅烧油，浇头炒得，最后入面，浇头与面条融为一体，面条格外有滋味。我走过很多地方，总以为小镇的面最中意。苏州名点"虾爆鳝面"，不过是舀一勺大盆里早就烧好的浇头放进碗里，浇头与面条貌合神离；杭州名点"片儿川"，汤水倒是鲜美，但面条碱水太重，粗硬难嚼，自然也难做到"水乳交融"。小镇的这碗面之于小镇人，恰如酸汤螺蛳粉之于桂林人，红油肠旺面之于贵阳人……是小镇人的福分，是这方水土的精彩呈现。

小镇人的胃里都有这碗小锅面的记忆。同时，小镇人的胃里也装着烧饼、油条、春卷、烧卖、馄饨、包子等的故事，这里面满满的人间烟火味。而对我而言，只要早起，我就能回到这江南小镇。

美食采撷

羊蝎子

只听说过"羊蝎子"的美名,没有尝过。而最近得尝这道美食,果然名不虚传。骨肉相连,肉质紧致而又有弹性,且不塞牙,汤更是鲜美入味。想当年这位苏大学士,真是位美食之友啊!贬谪到惠州,吃不起羊肉,就搞点羊蝎子来吃,想到了在火上炙烤的办法,还要洒上椒盐提味,末了,再用牙签把藏于骨中之肉一网打尽。难怪他们家的狗也一脸不高兴:你吃得这么干净,叫我吃点啥呢?而他又专门修书一封,原原本本地嘚瑟给他弟弟知晓。

也难怪一到冬天,北方各地到处都是羊蝎子火锅。街上路边的饭馆,都高书"羊蝎子火锅"招徕食客。想想,一锅热气腾腾的羊蝎子,配上高度白酒,不是抵御寒冷、热乎人情最好的选择吗?满大街的香气飘荡在清冷的空气中,闻闻就馋了。

猪头肉

沈从文先生对吃从不讲究，平时吃荤也不过就是买点猪头肉。他不像他徒弟汪曾祺，爱研究捣鼓吃的。汪曾祺还真搞出了很多新名堂，如他的家常名菜"油条爨肉"，吃过的人都大呼过瘾。曾见过，工地上的人，下班后坐马路牙子上吃晚饭。一瓶啤酒，一包猪头肉，辛苦了一天，喝酒吃肉最解乏。一口酒，一块肉，痛快！辛苦钱，省着花；工时长，也没工夫准备其他菜。来半斤猪头肉，价廉物美，解馋！卖熟食的小贩，也深谙此道，你去看他的摊上食物，准保猪头肉备得足足的。

豆腐干和盐

真爱喝酒的人是不计较下酒菜的。一两个咸菜疙瘩，三四块豆腐干，五六颗粗盐粒，都是佐酒佳品。咬上一口咸菜头，掰碎一块豆腐干，蘸取一粒粗盐，细酌一口老酒，回味悠长。要是听说某人要有好菜才能下酒，就会嗤之以鼻，哼，这不是真喝酒的人，真喝酒的人不带这样的！

街坊蒋老汉，平日里不做饭，睡到日上三竿，踱去小店，称上半斤豆腐干，回家拿水一煮，也不盛到饭里，直接将小钢精锅放小板凳上,人坐在另一条小板凳上,倒点酱油蘸着吃。他爱喝五加皮,殷红的酒水,洁白的豆腐干,倒也相映成趣。

还有一位诨名叫"烧酒金龙"的酒客,终年穿一件破旧不堪的中山装,左右两个口袋,左边装酒瓶,右边口袋常是鼓鼓囊囊。小镇上的人都知道他这个兜里装的是什么,是一口袋的油豆腐!

而我乡里一位已故多年的亲戚也极馋酒,每天清早去赶圩。从集市东头喝到西头,再从西头喝到东头,酒量也真好,鲜有喝醉的时候。他喝酒有个怪癖,喜欢蘸着盐粒下酒。跟酒摊主人要五六颗粗盐,倒在桌板上,坐下来,喝一口,蘸一下,乐在其中。他喝不醉的秘诀,是不是在盐里呢?不得而知!

羊头膏

秋风紧,羊肉开始上市了,父亲也准备动手做羊头膏了。

一清早,他就从菜场上买回来两个羊头。菜场上卖羊肉的都认识他,给他的价很优惠。

买回来的羊头泡在大盆里,整一个上午换四五次水,直到盆里看不到血水了才作罢,然后就是戴上老花镜,拿出一把剃须刀片,给羊头刮毛。羊眼睛一周的毛最多,最费时。等一切就绪后,大汤锅里煮上一锅水,把羊头放入,同时加入料酒、葱姜等去腥。焯水完毕,再将羊头洗一遍。再放进大锅里,先猛火烧开,后文火慢炖。羊肉的香味渐次浓郁。

父亲了解火候,关火将羊头取出,羊头已经炖得酥烂,趁热拆骨,不消多时,骨肉尽分离。父亲将羊肉平铺在一个搪瓷浅盆里,舀出一大勺羊汤加入。羊肉凉透后,加盖上保鲜膜,送进冰箱。

再取出之时,羊肉析出的胶质与浓汤已经完全水乳交融。放在砧板切成一个个小块,肉与胶冻紧密结合,色如透明,宛如凝脂。配上蘸料,咬一口,那味道,完美!

而这时,父亲为这盆羊头肉冻已经整整忙了一天。

一个冬天,父亲会做上好几次羊头膏,不厌其烦。亲友们也常得馈赠,赞不绝口,都称我家的羊头膏不仅味道上佳,而且全是"干货",不像市场上买回来的羊头膏,肉不多,肉冻倒不少。

那是!自家做的,满满的都是情意。

逢"肠"作戏

某相声,逗哏的戏说捧哏的爱吃刺身,尤其是大肠刺身。以此，博大家一笑。

大肠刺身是没有的，那是调侃人。然放眼宇内众生食谱，东西南北中（除去清真菜），何处不逢"肠"作戏？且看：

四川江油人的早饭标配三件套，烧肥肠、白米饭加醋汤，再打一小碟泡菜，清口，或是把米饭换成米粉，撇一勺红油拌匀，搭配劲道的肥肠，软硬兼施，相当安逸。

鲁菜精华九转大肠，制作手法繁复，酸、甜、香、辣、咸五味俱全且浓烈，极像齐鲁大地百姓豪爽、热烈的个性，能登大雅之堂。

贵阳的肠旺面（粉），始于清朝，兴于当代。其面劲道十足，选料精心，色泽红、口味重、味道香，是贵阳人早餐首选之品。一时间，食客如云。光云岩区一家著名面店，每早大肠要用去两百多斤。

而上海人的草头圈子呢，红烧大肠配上苜蓿科的黄花菜，小清新配重口味，肥腻与清淡精诚合作，两者相得益彰，将人的肠胃伺候得妥妥帖帖。

西安人的葫芦头，传统特色小吃，据说是得唐代大名医孙思邈点化，遂成一地方名点，其实源于北宋街市食品中的煎白肠，面、粉、汤里皆可入之，爱者放不下筷子。

就连崇尚清淡鲜甜饮食的广东人，也非常喜爱食用猪肠。潮汕人的经典早餐粿汁，除了加入海鲜、瓜菜之类的食材外，猪大肠也经常"做客"其中，点燃一碗粿汁的味蕾之火。

我家也是如此。年过八旬的父母，心心念念的美食之一就是猪肠。常劝他们，年纪大的人，如此肥厚的东西要少吃，甚至不吃。但哪里听得进去？这不，老爸又拎回来一副猪大肠，面粉、碱水、热水，多管齐下，洗得清清白白、干干净净。先是白煮，凉透切成短段，蘸酱油吃。另一半留着，下顿便是加酱油红烧，或加姜丝蒜薹爆炒，绿莹莹，油汪汪，浓香四溢。

当美味与健康理念发生冲突的时候，美味常常暂时占据上风。等享受过后，才又会生出几丝悔意来。嘴巴上还安慰自己，难得吃一次，没关系，没关系。可过段时间，又是"肠"来"肠"往。真是没办法，谁叫这个肠子这么好吃？有次家里来了客人，炒了一大盘，有个胖胖的客人说，太好吃了，我能吃下整一盘！

石灰甏里的美食

说到石灰甏，如今四五十岁以上的人都有记忆，几乎家家都有这样一个。一个口小肚大的坛子，里面放上石灰，石灰上搁一张油纸，油纸上便可以放糕、饼、糖之类的零食。放在石灰甏里，干燥，不返潮。甏口盖一张纸，或者纸板，上面再压一块石头或砖头，可以防蟑螂、老鼠。

可防得了真老鼠，却防不了家里的"大老鼠"。看着大人们把不舍得吃的糖啊、饼啊放进去，家里的几只"硕鼠"就惦记上了。今天拿一块，明天叼一片，神不知鬼不觉。等大人们要拿些点心送人或待客时，一切就都露馅了。少不了一顿痛骂，甚至附送一个"麻栗子"。这些，大家还想得起来吗？家里有石灰甏的人，你敢说你从来没有做过这样的勾当？

外婆家的石灰甏放在她的床底下，我有时也会去"偷"。云片糕的味道真好，放在甏里，拿出来咬上去嘎嘣脆！

现在，谁家还有这个东西？超市里、网店里，想吃啥没有？只有你想不到，没有你买不到。物资丰盈的时代，家用电器也样样齐全，哪里还用到这个石灰甏？

不过，它也派过大用场。它的肚子里藏着很多的故事与"荒唐"，我们怎么能忘记它呢？

第四辑

我的外公外婆

我的外公外婆

每年过年前,我都会惦念一个日子,我外公的忌日。他老人家是正月廿八那天去世的。外公谢世那天的情景会不断如电影镜头倒回,重放……

春风甚寒,天也阴沉。我中午放学回家,一路向家赶去,等走到弄堂口,看见弄堂口燃起了一堆稻草,烟雾袅袅,草堆边上一双草鞋,也在兀自燃烧。读小学二年级的我,已经懂得这个草堆的含义。

等走过弄堂,拐到外公家后门口时,戴着白帽子,穿着白衣的二舅妈一边哭着,一边迎了上来,拉着我的手,"孩子,你外公没了!"

七岁那年我进城上学,住在外公家,他那时已经退休在家。印象里他是个沉默寡言的人,总是坐在床边吸烟,随之而来的是一阵虽不猛烈却缠绵的咳嗽。家里除了我,还有我表哥、表妹一帮孩子,成天大呼小叫的,很是热闹。

对于我们的打闹，外公是一位安静的观众，他对我们的赞许多半是淡淡一笑。

有一天，我见到了他难得的大笑。有位湖州老友来访，两位矍铄老人坐在小桌边聊天，抽烟，喝茶。外公时不时大笑起来，很爽朗。老友在家里吃了中饭，直至下午才离开。言谈间，外公称他为"分队长"，而他喊外公为"九麟先生"。他离开后，外婆告诉我，这位老人当年可是赫赫有名的"柳分队长"，他表面上是国民党崇德县党部的警备分队长，实际上是打入敌人内部的共产党员，一直在地方上开展地下工作。你外公当年做过伪保长，工作上有来往，两人很要好。解放那年，有人报告你外公私藏了一支手枪。而这位当年的分队长已经是湖州市粮食局的负责人，他专程从湖州赶来，证明你外公的枪早在新中国成立前夕上交给了早期党组织，而他就是那位经手人。原来这位老人是我们家的恩人！两位老人见面后有说不完的话，岁月沧桑，老友情深。可惜，后来我们再也没有见过这位老人。

外公的书法极佳，街坊邻里寄信或寄包裹，都会拿来让外公写。白布包裹上"唰唰"地写下去，一笔瘦硬的柳体赫然入目，还有家里买菜用的竹篮上，外公为我母亲题写的名字，以及桌板下书写的"世德堂娄"的堂号，都是我的书法启蒙熏陶。如今我人过天命之年，还能坚持临池学书，与书法的缘分就是从那时开始的。那时功课也少，外公让我学写字，他就站在一旁看着我写，"笔要直，腰要挺，横平竖直要记牢"，这几句话一直牢记在我心里。有一次，我问外公，什么时候我也能像你们大人一样，飞快地写字。外公一笑，等你长大了自然就会了。那时，我对大人们写字时笔笔相连的样子羡慕不已，就盼着能和他们一样流利地写字。

等看到灵床上外公那张煞白的脸时，我这才明白过来，这是永别。前一天晚上，我与表哥被叫到医院，看到了病床上的外公，他鼻子里插着氧气管，一个炮弹状的氧气瓶斜靠在架子上，瓶口的玻璃瓶里咕咕地冒着气泡。外公对我们说了什么，我已经忘记了。我只记得，他气若游丝，额头不停地渗出汗珠，外婆斜倚在他身边，拿毛巾不断地为他擦拭。这么冷的天，外公怎么还会冒汗？我当时有点纳闷。后来，外婆告诉我，外公那天出的汗很黏，很腻，像油一样，擦也擦不掉，这是他身体里最后的气力。

我们把外公的棺木送到了乡下安葬。小河边的桑树地里，一间小小的"房子"，外公要独自住在这里了，他再也没法教我写字，再也不会夸赞"学拼音，认汉字"的神奇了。而他辞世的那一天也正是他的生日。至今，他已经离开我们整整四十一年了。搜索记忆，画面不断闪回，我怅然地发现，留在脑海里多的只是一些记忆的碎片。抱歉了，外公，外孙能够想起来的只有这些了。而这么多年以来，对您的怀念早已汇聚成一条地下长河，暗流奔涌。每到这个时节，对您的思念之情更是波浪翻滚。

而您生活的另一半，我的外婆，她老人家的长寿，也让我们后辈有足够的时间，去孝敬她，去阅读她，去学习她这幅人生的大长卷。

外公去世后第三年，从小送人抱养的三舅因癌症离开人世，年仅三十三岁，他就葬在外公坟茔的不远处。外公怎么也不会想到，最早离开他的这个儿子，也最早回到了他的身边。紧接着，三年之后，大舅因肝硬化而不治。七年之内，连着失去了三个亲人，像三记重拳狠狠地击打在这个家庭的肌体上，受伤最深的自然是外婆。丈夫、大儿子、三儿子接连离世，如一把利刃，闪着寒光，冰冷而准确地一次又一次地刺进她的心里。这种苦痛，没有经历过的人，也许永远没有办法体会到。

但是，她老人家并没有倒下，她挺过来了！然而，厄运似乎还不愿放过她，在外婆八十岁那年，五舅在马路边被一辆随意变道的大车带倒，伤重不治。长歌当哭，痛何如哉！坐在五儿子遗体边上，外婆的脸上已经看不到眼泪了，她老人家的泪水早已经流干了。家人们也不知道该用什么样的话语来安慰她。最后，她很平静地跟我们说，如果我哭，如果我哭到眼睛瞎掉，我的儿子们能回来，那么就让我哭瞎几百次好了！我好好活在这个世界上，就是对得住他们了！

就在这个刹那，我瞬间明白了，外公走的那年，外婆六十岁；而五舅离开的这年，外婆八十了。这二十年间，正是这个信念支撑着她这样一路走来，夫妻情、母子爱、生死谜，跨越这二十年，山长水阔，历久风霜雨雪，这棵老树愈发地苍劲有力。

她一直不愿意跟子女们住在一起。她说，我自己能照顾好自己，不用你们操心。事实也是如此，老太太独居生活并不孤独，除了小辈们时不时去看望，她还有一帮牌友日夜相伴，那间小屋几乎天天"高朋满座"，好不热闹。外婆之爱麻将以及她的麻将牌技，远近闻名。用她自己的话来说，这个麻将包医百病，我打了麻将，吃得下，睡得着。就这样，好多牌友都没熬过她，所以，后来小屋也渐趋冷清。但外婆岂会坐视？经多方联络，新的牌友群正在发展壮大中，她也干脆不再邀人聚首于她的小屋，而是亲自出门，"主动出击"。她跟一个蹬三轮的说好，每天中午十二点，来她小屋门口等她。待打理得纹丝不乱之后，她拄着拐棍，上车，直奔新的牌友据点……等一下午战斗结束，再由这位师傅来带上她,打道回府。一辆三轮,在某个江南小镇的街头巷尾中穿行,她时而闭目养养神,她时而跟师傅聊聊今天的麻将经,时而拿拐棍指指方向,活像一位百万军中的指挥官!

外婆九十三岁那年冬天,我最小的表妹也出嫁了。办回门酒那天,一大家子围坐成几桌,众星拱月,老祖宗坐在最中间。瞧着一大群儿孙,老太太嘿嘿一笑,眼睛一眯,嘴巴里蹦出一句来:"看看都好的,这么多的下小子(方言:后代)都是我这只根上'爆'(方言:长)出来的!"话语间颇带着几分得意。紧接着又来第二句:"我还不准备'回去'(离开人世),我要等到看见几个玄孙(方言:曾孙)办了事体(指结婚)之后才准备'回去'呢!"说着,她拿手指点了一圈身边的几个曾孙子们,"我还要好好地活下去呢,起码再活十年!"

我知道,老太太想见证小辈们更多的人生精彩时刻,享受更多的人间亲情至爱,她一直在努力着。她自有一套独创的"养生经"。原先她独居时,也保持年轻人般的作息时间,她睡得很晚,因为经常打麻将打到半夜,即使是不打牌,也会端坐在电视机前,看她喜欢的节目至深宵,因此,第二天早晨也起得很晚,不到九十点是不会起床的。起床后就张罗着她的"早饭",其实嘛,这顿早饭不吃也罢。等到她梳洗完毕,已快到午饭的节奏了,而她还是要认真地吃完一大碗白米粥,然后就是紧接着吃她的中饭,间隔也就个把小时。这个节奏从来不曾打乱,一日三餐的安排永远井然有序。

九十五岁那年,在子女们的一致要求下,外婆搬到了民政局的养老中心,与一班同龄人住在一起。但她还是保持自己的作息习惯,"早睡早起"的"好习惯"似乎跟她不沾边。她成了养老中心的一道特别的"风景线",中心里的人都知道,804房间的吴老太太活得像个年轻人。那年重阳节,养老院里邀请外婆讲讲自己的养生经验。一辈子没上过台的她,坐在一大堆同龄人和医生护士面前,气定神闲,能量满满。她一共介绍了三点,第一是我喜欢吃荤菜,不喜欢吃素菜;第二是我喜欢打麻将,一打麻将,身上也不痛了;第三是我比较喜欢睡懒觉,也从来不锻炼身体。好家伙,她老人家的"长寿经"全都是跟主流标准"背道而驰"。一言既出,连一旁的医生护士也都笑得止不住,瞧这老太太,听听她说的!

其实,哪有放之四海而皆准的经验,每个人都是不同的个体,适合自己的才是最好的。如果说一定要找出一个定律来,那必定是"心态"两字,乐观的心态好像一台机器的润滑剂,它会让身体这台精密仪器长久而平稳地运行。

对于她的"养生大法",我们小辈早就了然于胸并且倾全力支持。除了平日经常给她加菜(荤菜)以外,每逢她老人家农历十一月份的生日,我们必定会端上一碗她最爱的红烧羊肉面。冬寒凛冽,一碗"加底"羊肉面吃得老人家笑颜绽放,红光满面。

外婆九十八岁那年,我写了一篇文章介绍她的"养生经"。文章发表后,我大声地念给她听,然后凑到她耳边告诉她,"您现在全市有名了,都晓得您这个'麻坛老祖宗'了"。她听后很得意地点点头,并嘱咐我,"孩子,继续写,下次让全省全国都知道我"。一个偶然的机会,我联系到了《浙江日报》的摄影记者,记者朋友帮我出了一个主意,等老外婆百岁生日那天,给她拍一张打麻将的照片,但旋即而来的疫情让这个计划最后没有实现。2022年夏天的酷热,令人终生难忘,一百零一岁的外婆就在这个夏天永远地离开了我们。从她诉说自己没有食欲,到最后停止呼吸,前后仅一周,可谓是无疾而终,这也许是老外婆对小辈们最后的体恤。

从殡仪馆出来,直奔公墓。那里,外公正在等着外婆,他老人家迁居至此也已二十多年了。二舅轻轻地把骨灰盒放进那个空置许久的墓穴里,在分离了四十一年以后,外公外婆又重新"生活"在一起了。表哥把外公外婆的结婚照找人修复，并印了几十张，每家一张。照片摄于八十三年前的上海南京路，年轻的外公一袭长衫，清秀俊朗；漂亮的外婆则一身旗袍坐在他身边，美丽端庄。两人紧紧依偎在一起，那是他们共同生活的起点。无论是他的六十八年还是她的一百零一年，他们来过，又走了。终其一生，他们安顿了柴米油盐的琐碎，经历着生老病死的轮回，拥抱过喜怒哀乐的起伏。他们的生命轨迹，也将是我们绝大多数人的人生内容。博尔赫斯说，"人死了，就像水消失在水中"，这句话我并不完全同意。"天空没有留下翅膀的痕迹，但我已飞过。"即便是一滴水，它也有它的重量、形状、质感、边界、轮廓，哪怕它已经完全融入了水中。两位老人的一辈子，绝不会消失得无影无踪。今天为他们写下的文字，同时是为我们自己写下的，他们的人生平凡而又丰富，够我们后人学习一辈子。

早春随想

去崇福芝村走亲戚。车走在乡村公路上,路边有一棵树,开出跟广玉兰差不多的花来,小了一号。妻说,这也是玉兰吧,看花形,挺像!前面两边的路基上,还有几棵。按理,这里的野外是不长玉兰树的。谁种的?花虽然有点稀疏,但也是春天的报信者。

家里露台上的花盆里竟然开出一丛灿烂的黄花。这黄色,很亮,很扎眼,让人感到高兴。这是一棵酢浆草,哪里来的?想起来,去年秋,同事给我了很多的种子,然而我的种植并没成功。后来失了兴致,懒得管了,连花盆的泥一起,倾倒在那个大花盆里了。想不到,今年竟开出这样的花来,真是想不到。我觉得,我应当惭愧,对不起这花。

春风一点也不柔,甚至有点野,把河边一排柳树的枝条吹得晃来晃去,没有丝毫呵护的意思。柳条上已经缀满了新芽，毛茸茸的，鹅黄色，很养眼。要是风再温柔一点，那飘摇的姿态应该很好看。柳树的叶比花好，柳絮因风起时，让人有点恼。

在乡间小路上寻觅，想找找野菜。真奇怪，竟然找不到马兰头、荠菜的影子。春在田头荠菜花，那是古人的幸福。还好，遇到老姑父，邀我们去他地里挖菜。曲径通幽处，高高的房屋后头，藏着好大一块菜地。老姑父拿刀割了一大颗包心菜，掰去外面的一层叶子。包菜好水灵，好像有水珠要从叶子冒出来。老姑父把手心里的菜掂了掂，说，拿去炒菜，很好吃，地头鲜。

前几年，撒了一把种子，桑园里就年年长这种花草。这种花草叫"黄花草"，苜蓿科，母亲特别爱吃。这也是我从瑞英阿姨那里学来的。几十年前，瑞英阿姨从常熟梅李嫁过来，带了一包种，她们那里都种来吃。这花草很好养活，不用管理。春来，它会长出一大片。清明前后开花，黄色的羽状小花。要抓紧吃，不然就老了，不好吃了。割了一茬，还会长出来。跟韭菜一样。所不同的是，韭菜越割越老，花草越割越嫩。上海人有道名菜，叫"草头圈子"，就是红烧大肠与这花草搭配，肥腻与清爽精诚合作，相得益彰。

秋天的吟唱

四处张望，想找找桂花香的来源，可找不到桂花树的影子。那这香是哪里送来的呢？管他呢！管他是哪里来的，有就行了。淡淡的，幽幽的，似有若无，似浓却淡，暗香盈怀。这香，香得有味！

历经三个月酷夏的连续炙烤，人们变得对清凉格外地珍惜。在那段时间里，哪怕是几次零星的雨，都让人久久不忍与之分别。静立阳台，听夜雨，看雨水流淌在地，路灯的银光泛起，享受着这难得的清凉。而秋来，虽然午间还有点热，而早晚，就可以尽情享用这份天地恩赐的礼物了。走在路上，清凉像个顽皮的小孩，蹑手蹑脚，在你身后跟着，跟着。许久，你回过头来，才发现是他。

北窗口有棵柿子树，枝繁叶茂，虽然身处背阴，但今年结了很多果子，高高低低，错错落落。靠下面的果子，用手攀一下枝条，就可以够到。没多久，果子都被摘走了。

只有高处的果子留着，数量不少。它们也不寂寞，相伴着一起走向仲秋的火红，于是等着一幅画的呈现：霜白、叶绿、柿红，天空寥廓，云淡风轻。然有几个柿子是不幸的，前阵子遭遇了台风，被吹落在地。我把它们都捡起来放在家里，心想着，它们能不能和树上的同胞一起走向成熟呢？天不遂人愿，当再次去看它们时，上半部开始泛红，然而底部已经发黑，用手轻轻一捏，烂了。经了风雨，外表看似无损，内里却早已受伤，奈何！只好把它们送回土地，送回母树的根旁，这也许是其最好的归宿。

走在路上，气息是轻轻松松的，脚步是轻轻松松的，好像走在一片明净里。不像先前那不堪回首的夏日，一大清早，半撑着迷糊的双眼，离开空调房间，马上就觉得有一大团湿湿的面巾纸捂了上来，紧接着是一床巨大的厚厚"湿棉被"将人团团裹住，简直就是要害人性命！中午更是让人手脚绵软，明晃晃的阳光分明就是一把把锐利的刀子。那树上的知了，除了白天不得半时半刻的休息，半夜三更也是"百叫无绝"，想必它们肯定也犯迷糊了，这到底是白天还是黑夜？反正一样的热，热，热。

而当下，蝉识趣地离开了，毅然决然地告别了人们，没了踪迹，没了声音。此刻它们倒是非常清醒，知道秋天不属于它们了，于是早早地躲入地下，这个夏天过得太累，该歇歇了。其实，它们知道再响亮的叫声也敌不过时序，喧嚣一时，必然归于沉寂，时序才是真正的王者。说北方的秋天，还有秋蝉衰残的叫嚷，那是郁达夫说的。

说来也巧，昨天随手一翻书，翻到的就是郁达夫的《故都的秋》，他怀念北方的秋天，觉得北方的秋色泽分明，北方的秋回味隽永。南方的秋是黄酒，是稀饭，是鲈鱼，是黄犬。当然，我尚不得有欣赏北方之秋的机会，但是我觉得这江南的秋也挺好的。黄酒入口绵软，回味悠长；稀饭清淡适口，最能养人；鲈鱼之美，曾让人愿意解甲归田，只为一尝鲈鱼之鲜；黄犬多半是家养的爱物，亲近亲切。这不也挺好吗？

尤其是走出了今夏的炼狱，走进秋天，劫后余生的感觉潜滋暗长。一起去吃个下午饭，待天色渐晚，在无比温柔的晚风里，一起散个步，感受这细腻的清凉，听树丛下，竹篱间秋虫的清唱，看秋水明净。

戏说"洋盘"

上海开埠较早,四方杂汇,语言因之丰富多彩。尤其近代成为通商口岸后,与国外往来频繁,于是沪语中有了不少中洋结合的说法。其中有一词叫"洋盘",意思是被人愚弄而不自知的人。我地邻近沪上,语言也受到其浸润。桐乡话里因之也有"洋盘"一说,而且意思有所延伸,除了上述意义之外,也将那些不懂装懂,出尽洋相的人称作"洋盘",或指那些因为贪一时之小利,最终"大出血"的人,而把这些个行为统称为"扮洋盘"。仔细留意一下,书本里、生活里这样的故事还真不少,如近来电信诈骗高发,时不时地听到有人中招,这就是扮洋盘。接下来,且将读到的、听到的、看到的一一说来,以期诸君阅后更多一分警醒,知之为知之,不知为不知,是知也。同时更要相信,天上是不会掉馅饼的,平白无故的便宜捡不得。

先来看《金瓶梅》第六十七回,西门庆请温秀才与应伯爵

来家里赏雪喝酒,这三人在书房里开宴。原文是这样写的:

伯爵才待拿起酒来吃,只见来安儿后边拿了几碟果食(宋人喝酒常佐以干果),内有一碟酥油泡螺,又一碟黑黑的团儿,用枯叶裹着。伯爵拈将起来,闻着味鼻香,吃到口犹如饴蜜,细甜美味,不知甚的。西门庆道:"你猜?"伯爵道:"莫非是糖肥皂?"西门庆笑道:"糖肥皂那有这等好吃。"伯爵道:"待要说是梅酥丸,里面又有核儿。"西门庆道:"狗才过来,我说与你罢,你做梦也梦不着。是昨日小价从杭州船上捎来,名唤做衣梅。都是多样药料和蜜炼制过,滚在杨梅上,外用薄荷、橘叶包裹,才会这般美味。"

作为清河县里的第一帮闲,这位应二爷没有多少见识,成天就知道围着西门庆喝酒胡闹。平日里他总是竭尽全力来哄主子开心,甚至故意做出种种难看的吃相来博西门庆一笑。这一回,他可倒是"真心诚意"地出了一回洋相,扮了一次"洋盘"。

再看《世说新语》里的那位王敦,娶了晋武帝的公主,鹊登凤凰枝。一次如厕,他竟然将侍女送上来供洗手用的"澡豆"大啖殆尽,传下了千古的笑话。再如,明代江盈科的《缘箩山人集》里"北人食菱"的掌故,某北方人不识菱为何物,来南方做官,有次吃菱,并壳入口,曰"欲以之清热",而当被问及北方可有此物时,竟大言不惭:"此物前山后山,何地不有?"明明不懂,却硬装懂,死要面子活受累,也被人揶揄了几百年。

三来说说多年前听过的一个相声,是哪两位名家说的,倒是忘记了,但内容却记得真真切切。说两人上西餐厅,哈尔滨多的是俄国人开的俄式餐厅。甫一坐定,侍者就端上来一盘冻豆腐。两人心说,嘿,这俄国人还真是入乡随俗,第一道菜竟然是冻豆腐。于是两人立刻将豆腐分了吃了。刚一吃完,侍应生又上来一盘。两人有点纳闷,怎么又来一份?但还是将就着吃了,吃的时候还加了点盐,西餐厅里的盐瓶就搁在一边(酱油是肯定没有的,外国人不吃这个),因为第一份吃得实在是寡淡无味。没承想,第二份刚解决,第三盘又来了。这两人这时可坐不住了,难不成来西餐厅尽吃这个?一看旁边,这才明白过来,这豆腐是让擦刀叉的,吃西餐不是要抹黄油吗?一笑而过,生活中真会有这样的事吗?那还真说不好!看看昔时崇德县城的这位沈老板,你就会明白此言不虚。

话说崇德县城有个"公和油车"——老板沈三,虽家财万贯,然而性极为俭啬,一枚咸鸭蛋分作三顿下饭。一日，见菜农售卖萝卜，沈三叫住其问价，答曰三文钱两把，一把则要两文。想了半天，沈三掏出两文钱来买了一把。邻人某甲在一旁见状则劝他，再掏一文就可以购得两把。沈三笑而不答，回到家里，自言自语道：这个人真是个"洋盘"，你就不知道，我已经省下一文钱了！诸君想想，到底谁是"洋盘"呢？

记得刚参加工作时，单位组织外出活动，入住宾馆。第二天一早，有两位老年同事嘟嘟囔囔，气咻咻的样子，说这是个什么宾馆，床上连被子都没有。没办法，只有和衣而卧，睡到半夜，实在冷得够呛，翻箱倒柜，翻出来两条毛毯，总算将就了半夜。可这毛毯又叫人浑身发痒！服务员也叫屈啊，房间里怎么会没有放被子呢？后来一想，原来，宾馆被子的铺法有别于家里，被子的四角都被掖进席梦思下，上面又盖了一条床罩，两位愣是没发现这个门道！真真切切地冻了一夜，实实在在地扮了一回"洋盘"！

其实吧，要想不做"洋盘"也简单。不懂就多问，不要扮"懂王"，好像自己就是一本万宝全书，再说，万宝全书也还会缺个角的。就好像老辈子告诉我们的，出门在外，路在嘴上，多问问别人，多请教请教，就不会有尴尬，不会出洋相了；更不要贪图小便宜，结果肯定是占小便宜吃大亏。这些简单道理似乎谁都懂，但就是有时候会忘得一干二净！

一坛好卤

家有一坛好卤,静静地躺在楼下车库里,已历时十多年了。在这之前,它在我家旧居也住了十余年了!

这是以前江南人家用以卤制臭豆腐的一坛卤水,源自外祖母家的隔壁,一户我唤作隔壁外婆的人家。在她家黑咕隆咚的厨房里,在靠近水池的桌子底下,有一个褐色的粗瓷坛子,其貌不扬,里面却盛着一坛好卤,街坊里闻名。哪户人家想换换口味,早市上买一角钱的豆腐干,到她家坛子里一放,中午即可享用。一个小竹篓子从卤水里提出来,一块块豆腐干早已滋味浸透,无论是油炸还是清蒸,都极入味。不过很少有人家用来油炸,毕竟彼时生活尚清苦,各家各户的菜油是配给供应,都舍不得用。清蒸则不同,只要搁上几滴,碗里便可见到油花荡漾,心里就踏实多了。当然,天气冷时,半天时间不够,需要傍晚时才能出坛子,否则味道就寡淡,只挂了一层稀薄的青黑卤水,既不中看，更不中吃。

我家也酷爱臭豆腐。母亲祖上是绍兴人，绍兴人家爱食臭霉食品的嗜好代代相传，臭豆腐、臭千张、臭苋菜梗便是居家过日子饭桌上的殷勤主顾。于是，母亲便萌生了自家也养一坛卤水的想法，毕竟"自有自便当（方便）"！隔壁外婆自然是鼎力支持，选一个阳光敞亮的日子，她打开坛子，匀出三大勺卤水，小心翼翼地倒入我家自备的坛子，倒入原汁后，再加入事先凉透的淡盐水。老人交代，千万不能操之过急，起初一个月之内是不能臭制任何吃食，一定要好好地"养"，过半个月就放块豆腐进去，让豆腐化在卤水里；如果有香菇，则更好，香菇的蒂不要扔掉，放进去可以提香气！最管用的是放冬笋，冬笋上市时，切下来的老根一定要放进去，最能提鲜味！不要经常臭东西，最好隔六七天，不然的话，这点臭卤很快就薄了……隔壁外婆一脸庄重，这是她的"孩子"，"孩子"要出门了，千叮咛万嘱咐，难割舍。

也真是想不到，炼制一坛好卤有那么多门道，倾情传授的秘方自然是力行不辍。江南三月，正是春笋冒尖，母亲便买来春笋，佐以黑胡椒粉，直入坛子；盛夏时节，早收的毛豆与豆腐是最好的养卤之物；秋高气爽之时，就用香菇与迟毛豆炖汤，待汤凉透就倒入坛里；天寒地冻时候，也不忘记加进豆腐干与白胡椒粉，此时正是蓄势之时，秋收冬藏，养得一冬好卤水，正好冬令进补，开春打虎，一到春暖花开，卤水坛子里便会咕咕冒泡，香味阵阵。像照顾月子里的孩子一般，我家的卤水也渐渐长成一坛好卤，又是一个街坊口口相传的"好角色"！除了悉心照料，血统纯正、基因强大便是个中原因！

就是这个粗瓷坛子，坛口封一张塑料纸，再压上一块结实的红砖，里面装着的是神秘之水，往里一看，泛着白沫，似乎肮脏不堪，闻起来味道怪异，但卤制出来的食物却是让人闻香止步，口舌生津。一碗臭豆腐蒸上，再配两大碗米饭，直呼过瘾。对于老酒客而言，几块臭豆腐则是极品，嘬一口老酒，咬一块臭干，闭目细品，摇头晃脑，通体舒畅，神气贯通！

后来搬家了，这坛好卤自然是如影随形，恰似故人，晨昏忧乐每相伴，给生活平添了不少味道，一晃又是十余年，家里的小主人吃着坛子里变出来的美味，长成了翩翩少年。坛子倒没啥大变化，只是坛子外壁上青白色的沉淀似乎又深了不少。

其实，从一坛好卤说开去，大江南北，对于臭豆腐，鲜有不爱者，只不过各地的口味各有不同，坊间爱之惜之的故事不胜枚举。当然也偶有不爱或厌恶者，也更有认定其为不健康食品，曾听人说起，此物含有大量细菌，对人体有害云云。

其实有些时候，饮食之道并不能完全用科学知识来解释，一方水土养一方人，讲究的是适应，天人合一，人境合一。你说，贵州人嗜食鱼腥草，我们这里的人怎么受得了这股味儿，可他们还不是嚼得津津有味？四川重庆的火锅，红油飘浮，辣气冲天，可他们那里走出来的人还不是汉子精壮，姑娘水灵？常听到精确至极的德国人准备了厨房的天平、量筒，乃至秒表，调料必先称量而后放入。诸君，你觉得这还是烹饪吗？

还是那句话，饮食非小道，且不必条分缕析，千百年流传下来的东西，就是最高明的科学。至于要说到道理，有时即便是一坛好卤里面，也还真是大有学问呢！

这不，有次表姐来我家拿做好的臭豆腐，我母亲领着她去了楼下的车库拿，她有点不解，姑妈，你们为何不把坛子搁在楼上，不用上上下下，不是更方便吗？

母亲呵呵一笑，答道：卤水要"养"得好，一定要"接地气"！

歌声再次响起

这样一个时代：

白色的确良衬衣、藏青色卡其裤配白色回力球鞋便是一套光鲜打扮，有了一辆半旧不新的二手自行车就可以兴奋得一路狂奔，收音机里播放的只有滚动的新闻和单田芳的长篇评书……

第一次听到邓丽君的歌是在上学路上。那个废弃的公园门口，一长溜平房里排开去，住着几十户人家，好像上海滩上的七十二家房客。最东头的那户人家有两个儿子，住房狭窄。大儿子结婚时，在路边搭了一间小屋子，小屋子只开了一扇高高的气窗，邓丽君的歌就从那里飘出来，飘进每个过路人的耳朵里，包括我们。

那是一个烦闷的夏日午后，歌声像一阵凉风，倏然掠过心头。

人们都说这家的儿子怎么会听这种歌，还说是这家新娶的儿媳妇带来的,她来自大城市,随身还带来了一台"四喇叭"录音机,每天就把声音开得山响,声音震得路面上的石子都快跳起来了。听说晚上这房子还经常有聚会,一帮子人在里面跳舞,"蓬喳喳……蓬喳喳……"

我没有见过跳舞的热闹场面,只是有时晚上经过,可以听到一屋的喧闹,从高高的气窗里飘出来的空气,热辣滚烫。

上下学的路上,常会看到那个城市里来的媳妇。夏天,她喜欢穿一件大尖领的衬衣,领口还绣着花,下面穿一条大红色的喇叭裤,一种很夺目的红色。走路极快,有时屋里屋外,忙个不停,那录音机的歌也像她那般忙得不停。

这家的老爷子常坐在门口,一个小矮凳配一个大方凳,人坐矮凳,一个搪瓷大茶缸放方凳上,旁边还有一台红灯牌收音机,咿咿呀呀地唱,有人问他,他说是在听京戏或越剧。他悠然地喝一口茶,熟练地点上香烟,淡蓝色的烟雾氤氲而升,烟雾在他锃亮的光脑壳边盘桓,久久不愿散去。

这个城市里来的媳妇先后生了两个孩子,一男一女,长得很结实。他们与孩子们一起听邓丽君的歌,还有"急智歌王"张帝的歌。人们都说,这些磁带都是从广州、香港那边来的走私货。不过,没过多久,新华书店的柜子也开始卖这种磁带，徐小凤、张明敏、凤飞飞、费翔、韩宝仪……歌声已不单从那扇小窗里飘出来，街面上，深巷里，飘飘扬扬，骑着自行车的人们，穿行其间，像是被歌声托举起来，劲俊轻快。

后来，邓丽君的歌听到的少了，不过那甜糯的歌声却回响不绝："任时光匆匆溜走，我只在乎你……""你问我爱你有多深，月亮代表我的心……"尤记得那股凉风带来的舒爽的感觉。优美的旋律慢慢地沉入记忆的深海之中，被小心翼翼地收藏起来。

后来传来她客死他乡的音讯，令人感到悲楚。再后来就是陈可辛执导，黎明、张曼玉主演影片《甜蜜蜜》上演，很多人看了好多遍，哭得稀里哗啦。两位主人公历经沧桑，命运让两人再次相遇在人潮滚滚的街头的画面一再定格，橱窗外，两人相向，相视一笑；橱窗里，电视机里不停地播放着邓丽君的音乐短片，熟悉的旋律再次响彻画里画外。

我知道了，这其实是一个时代的存照。

日本北海道的湖里，特有一种绿球藻，指尖大小一团，哪怕干燥一百年，只要泡在水里，它即可复活，即可泛起油油的绿意，绿意葱茏。记忆就是那团绿藻，此时此刻，它又复活了。我知道，也还是邓丽君的歌，像缓缓注入的碧蓝的海水，让它复活了。

这时，晚风里送来滚石三十年上海演唱会的歌声，万芳、郁可唯、赵咏华、林凡四人组合演唱的《甜蜜蜜》："甜蜜蜜，你笑得多甜蜜，好像花儿开在春风里……"不禁心潮涌动。

歌声再次响起时，演绎的是一段成长与变迁的故事。

自得其乐

时近冬至,明显感受到了冬之威严。早晨去公园晨练,见湖边坐一钓者,身着一套冲锋衣裤,头上一顶山地帽,帽上积满了厚厚的白霜,帽子上还绑了一个头灯。眼神专注,盯着浮标。这么早他就来钓鱼了?莫非他半夜而来?一问,果不其然:昨夜子时,带着全副家生,来此夜钓。问,冷吗?不冷!说完呵呵一笑。当下顿生敬意,见过很多钓鱼迷,但寒冬之夜,湖边夜钓,一坐就是半夜的痴汉还是第一次遇到,真会自找乐趣,佩服之至!

忘年交柏老爷子,从沿海某市化工局领导任上退下来后,回乡置业,在乌镇雅苑定居下来,常肩扛两台相机,拍花拍草拍风景,拍鸟拍人拍生活。孙子学校每逢活动,老爷子不请自到,长枪短炮,一通猛拍,拍完还制作成专辑赠与学校,忙得不亦乐乎。他还时不时抄起鱼竿,在雅苑湖上静心垂钓,钓得大鱼,叫上三五好友,随意小酌。

晚上还坚持书法，写得一笔好字，老爷子说，我的字是跟着电脑视频里学的，我写字不是为了给别人看，我是给自己看，自得其乐！

我老丈人曾经在乡里宣传队待过，后来在福建东山岛服役，会两手吹拉弹唱。夏日里，一天农活忙下来，一家人在院子吃罢乘凉饭，他就掏出那把二胡。他说，这把二胡是他十几年前在菜场门口买的，五块钱。瞧这样子，也不是把好琴，那张琴筒上蒙的蛇皮倒像是真货。转轴拉弦三两声，他就唱开了，最爱唱的段子就是《沙家浜》里的《智斗》，"想当初，老子的队伍才开张，拢共才有十几个人，七八条枪。遇皇军追得我，晕头转向，多亏了阿庆嫂，她叫我水缸里面把身藏……"常引得周围邻居前来捧场，老丈人每每得意非凡，二胡不是把上品，唱功亦是爱好者水平，但这又何妨？

高中时代一位同学，也蛮会自寻乐趣，他是一个围棋迷，天天痴迷于围棋，课桌里围棋书一叠，与人聊天最多的话题也是围棋。有一阵子，他上课时也在钻研棋术，只见他在几何作业簿上这里涂一个小圈，换支红笔那里再涂个小圈，模拟一对棋手对弈的情景。几何作业本上本就印着密密麻麻的格子，状如围棋棋盘，真是个聪明人！当然，聪明反被聪明误，成天寻这样的乐趣，功课自然也就一塌糊涂，实在不可取！观者务必力戒，尤其是学生们。

街坊上曾有个女哑巴，嗜酒，常呼朋引伴地聚会宴饮。赴宴者也基本上是哑巴。有从城西赶来的一个哑巴，长着一头似金毛狮王般的，面孔黧黑，也有邻镇上坐船而来的一个哑巴，还有一位街坊上的老酒客，他不是哑巴，但也混在她们的朋友圈里。每个月六号，是发工资的日子，也是她们宴酣之乐的活动日，还了上个月的欠账，割肉买酒，四五个人，自己动手，煎炒烹炸，一顿酒，从中午喝到傍晚，咿咿呀呀，手舞足蹈，筷子举在半空，酒杯碰得勤快，可谓街坊上的一景！而这样的聚会，六号以后还会有几次，待等到二十号以后，偃旗息鼓，没了声响。白粥咸菜是下半个月餐桌的主角，他们也要等到下个月初才会露面。上半月酒肉俱全，下半月借债度日，今朝有酒今朝醉，明日愁来明日愁，倒也潇洒！

大哲学家金岳霖终身不娶，偏又极爱孩子，于西南联大时，常常以自己所购的石榴与同事们的孩子们比大小，如果小了，就把手里的石榴输给孩子，自己再上街寻觅更大个的石榴，拿来再与孩子们比，乐此不疲。一个大学问家如此天真烂漫，真名士也；是真名士，必真性情！

作家汪曾祺闲时爱做菜，爱倒腾个新菜品，有一道菜，他老人家敢称是自己首创：油条切段，寸半许长，肉馅剁至成泥，加入细葱花，少量榨菜或酱瓜子拌匀，塞入油条段里，入半开油锅重炸。老先生称之，嚼之酥碎，声动十里人。照一般人看来，做一道菜如此大费周章，实在不值得。可诸君读读他老人家的文字，快活之情溢于言表，那种发自内心的自豪与悦纳几乎快要从盘子里"跳将出来了"。

或以为，玩物必丧志也，吾不敢苟同。小老百姓自己找乐子，以至于不治生产，影响家业者有之，但毕竟是少数。当然，富贵人家的子弟花天酒地，纸醉金迷，那不叫自得其乐，那叫败家。此种人物，过去、现在还见得少吗？将来也不见得会少！至于封建帝皇也有不少爱个"自得其乐"，有的真个是"入戏"太深，把玩乐当作正事来做，那就有点危险。明朝第五个皇帝明宣宗，大名鼎鼎的宣德皇帝，就爱斗个蛐蛐，多次敕令民间征集蛐蛐，搞得民怨沸腾，人称外号"促织天子"，还好有他爷爷与父亲给他留下的雄厚家底，明朝气象还不至于败落。而到了明熹宗手里，这位少年天子偏爱木匠活计，天天忙于其中，乐在其中，将朝政全托于魏忠贤手里，魏趁机大权独揽，祸乱朝纲，将明朝近三百年基业一步步推向深渊而终至于"不治"，这个朱由校皇帝可是玩大了。这不能叫作自得其乐了，那是"自取灭亡"。

现而今呢？总得想方设法找点自己喜爱的事情，陶然于其中，玩物养志，生活自然就有味有趣多了。

养养肉肉，做做烘焙，亮亮美照，晒晒幸福，拍拍美食，都是自得其乐的好办法，诸君，你爱哪一个？至于我呢？先录一段汪曾祺老先生的话：

"欣然命笔，人在一种甜美的兴奋和平时没有的敏锐之中，这样的时候，真是虽南面王不与易也。写成之后，觉得不错，提刀却立，四顾踌躇，对自己说：'你小子还真有两下子！'此乐非局外人所能想象。"

我也偶有这样的乐趣，相信，在写作方面不断磨炼自己，这样的乐趣会越来越多，越来越浓。

自行车之歌

我大舅的凤凰牌自行车在我心里是一座"高山"。

那时,大舅是厂里跑供销的,脑子活,门路广。他托客户从上海自行车三厂买了一辆28寸的凤凰牌自行车,车子走水路从上海托运过来。船靠岸时,大舅走下河埠,到船里把车子托举了上来,双手抱着,小心翼翼,好像抱着刚从产房里出来的儿子一般。撕去层层包裹的包装,车子的真身开始露出来了,简直太帅了!乌黑的漆闪着亮光,涂铬的书报架也是闪闪发亮。特别是车把下立柱上那个凤凰铭牌,一只五彩的凤凰,下面还有两个红字"凤凰"。一时间,整个街坊都出动了,大家都来看大舅的新车,啧啧称赞,夸车子漂亮,夸大舅本事大,一般人还真买不到这样的名牌车。我也是左看右看,上看下看,最后我数出来了,车把、车架、车铃上有18个小凤凰图案或是文字的标记,简直让人爱不释手。

大舅爱惜车，专门找皮毛厂的人做了个皮套，套在车座上。车子看上去愈发地大气了。他每天骑着上班，我表哥自然是最幸福的人，大舅每天骑车带他上下学，让我好生羡慕。表妹出生后，车上的贵客换成了她。表妹上托儿所了，大舅每天早上带着她，从城南的家里骑到城北的厂托儿所。有一次，还闹出了个笑话。他们厂规定进了大门，要下车推行。这天，大舅载着表妹骑到厂门口，大舅一甩右腿，来了一个潇洒的下车动作，而表妹此时正坐在后座上……而大舅早忘得一干二净，左脚踩在踏板下，顺着厂区大道的坡道一溜烟去冲了下来。到了办公室门口，准备停车时一看，女儿呢？女儿啊，正坐在厂门口的地上抹眼泪呢！

后来，大舅又从上海给舅妈买了辆永久牌自行车，一辆型号略小的女式车，邮电绿的车身，也散发着无穷的魅力。夫妇俩在同一家厂里上班，每天骑着穿过小镇的南北，俊朗的他们，俊美的它们，路人纷纷注目，实为小镇一道流动的风景。

真想自己也拥有这样一辆车，看到人家骑车来去自如，好生羡慕。于是便偷偷地开始了学车的生涯，没车怎么办？跟大舅是不敢借的，他的车那么漂亮。就跟四舅借，四舅刚用工资买了一辆当时的二线品牌，飞花牌自行车，车把立管上有一朵舞动的花。因为是新车，也不好意思多借，还怕自己刚学，把舅舅的车摔坏了，那就更不好意思了。只有周日，父亲骑着那辆天鹅牌自行车，从乡政府回家度周末时，我才可以把车推出去，找一条人少的马路，约上几位同学一起学车，他们也都是推着爸妈的车子来的。开始都是从三脚架入手的，人够不到车凳，就从车子的三脚架里斜插过一条腿去，踩在右边的踏板上，左脚趾一点地，车子就朝前滑行，左脚就搁在左边踏板上。滑了一段路，车子就停下来，继续如法炮制，不断地找感觉。用不了几次，左右脚已经非常协调，可以轻松地踩着前进了。等车性再熟一点，就尝试着坐到车座上练习，采用的是我们称之为"老爷上车"的姿势，找堵墙靠着车子，人爬到座上，然后再双脚踩踏板，一手还扶着墙。等速度有了，就放开手，摇摇晃晃地向前冲。再后来，一系列的动作就水到渠成了，那些年纪大的人，见我们学车，总是很惊讶地瞪大眼睛，怎么这么快就学会了？到底是小孩子!

没有多久，就与同学们一起骑车出游了。一个星期天的上午，十几辆车一起呼啸地出了城，到乡下去撒野去了。乡下的机耕路，两边都是高大笔直的水杉树，人也不多，汽车几乎没有，骑起来特别舒服，单放手，双放手，随便玩。当然也有弄巧成拙的时候，一个不小心，"啪"的一下，就来了一个"人仰车翻"。有过一次，就有了更多次的相约出游，距离也越骑越远，有时出去甚至就是一整天。爸妈也没多说什么，毕竟那时候作业不多，也没有什么补课与辅导。

上初二时，拥有了属于自己的第一辆自行车。一辆二手车，是父亲花20元钱买来的。他所在的镇政府退役了一批公用自行车，他就给我买了那辆长征牌自行车。在当时，这个牌子的车是属于第三梯队，第一梯队自然是上海生产的凤凰、永久牌，第二梯队是飞鸽与飞花牌。这辆车的模样比较特别，宽大的车把似乎与短短的车身不成比例，就好像一个矮个子偏偏长了一双长手臂，两臂一张，看上去与身体完全不协调。简而言之，这车子有点丑。

但这丝毫没有影响我的心情，毕竟骑上它，在大街小巷呼啸而过，那种感觉实在美好。有一次，中饭后我早早到校，发现教室里没人。于是把车子骑进了教室，在座位间穿行。还好没有被班主任周老师发现，别看到他平时温文尔雅，看到这样放肆的举动，肯定要呵斥一番。

可惜好景不长，没想到初中毕业那年，那辆车被偷了，伴随它而去的还有我年少的无知轻狂。

而真正伴随我成长的是我的第二辆自行车。

也是一辆旧车，28寸的大车。母亲说，男孩子就要骑大车，大气。

家里隔三岔五要去粮店买米，父亲常年工作在外，只有节假日才回来，买米的活儿自当落在我头上。有了这辆车，买米的活轻松许多。骑车到粮店，开票买米，走到一个大漏斗口面前。这个大漏斗的管道一直从二楼延展下来，漏斗口有小闸门，安着个把手，有个人守着，他一看我的票子，"30斤籼米……"，他朝着二楼喊，只听到二楼上铁锹铲米的声音，紧接着，管道"唰"地一声响，米像流水一般顺着管道下来。他拎着把手一提，闸门打开，大米就全流到我口袋里。扛着口袋走出粮站，把口袋扔在前面的横杠上。米袋子晃晃悠悠，一路伴我回家，车子骑得稳稳当当。米袋子放车后的书报架上，容易滑下来，而且袋角很容易卷进车轮里，这都是吃过亏后得出来的教训。把装米口袋搁在横杠上，最保险。一只手还可以扶住米袋子，防止它滑落。这样的举动还能显示自己车技高超，而这正是少年人最愿意干的事情！

镇上工厂有几十家。不知何时起，也不知由哪家厂牵头，各个厂开始实行了一项福利，就是员工下班后可以到锅炉房灌一大桶开水带回家。后来，一些本没有锅炉的单位，也赶紧造个小锅炉房，安个锅炉烧水。一时间，来来去去的自行车后座上都挂上了一个铁篮子，里面放一个扁平状的白铁皮水桶，水桶还包着泡沫板，为了保温。镇上的白铁作坊加工都来不及，师傅们成天拿着个木榔头，"乒乒乓乓"地敲。

我到店里买了个桶，容量可以装满六个保暖瓶。再请人焊了个铁架子，挂在我这辆车后面。每天下午放学后，先去母亲的单位打水。小锅炉房门口，水桶排成一长队，各色自行车杂乱地停在路边。打完水，往书报架上一挂，骑车回家。起初，后座一边挂着十几斤的分量，平衡不大好掌握。不过，没过多久，自然驾轻就熟，好像那个大水桶根本就没有挂在那里。

而等到家里烧上了液化气后，我的车技又得到了进一步"锻炼"。一个铁钩子，扣在书报架上，钩子的另一端挂上烧完的气瓶，一路直奔气站。一开始，只敢推着车子走，老老实实地走到站里，换上满瓶，再一路推着回家。路上，总会碰到同样换气瓶的人，后座上挂着一个气瓶，有的甚至是一边一个，照样骑得飞快。骑过我身边，还斜我一眼，好像在说，你小子这么胆小，不敢骑？

我当然受不了这样的目光。等骑上车后，发现这也没有那么难，只要向与挂瓶一侧反方向的车把上加点力，身子也稍微侧一点，平衡感就找到了，而且速度一上去，车子四平八稳。呵，我也行！最终还发现，如果两侧都挂上气瓶，那是最稳当了。

买米、打开水、换气瓶……哪样离得开这辆车呢？车轮滚滚，一条条熟悉的街道在车轮下延伸，一张张熟悉的面孔在眼前闪过……我已经是一名高中生了。

高二的暑假，母亲右腿髋关节部疼痛异常，转了好几个地方，片子也拍了，也查不出个究竟来。后来想到试试中医针灸，打听到县医院的针灸科不错，于是前去就诊。主治医生韩大夫面目和善，医术了得，求诊的人挤满了诊室。可针灸不是一次两次就能见效，怎么办？那时，我们一家住在父亲工作的镇上，离县城有十二公里，公交车倒是有，但班次不多。而且，韩大夫的诊室人流如潮，等诊治完结不一定能赶上车。想来想去，最后决定，每逢要上医院，我就骑车带着母亲，从小镇上出发，到县医院看病，每周两次。

每次都很早出发，趁天凉。一路骑在狭窄的公路上，松散的小石子不时飞溅起来，有时还会冲到面门上来。还好汽车不多，路上倒也挺安全。等扎针结束得早，天还热，就在医院里等一会儿再回家。而病人多的时候，等从医院出来，一路向西骑，红日西沉，暴晒了一天的马路余热未消，团团热气一路迎送我们回家。

这一来一去，倒也不累，小伙子嘛，有的是力气。那个暑假，这辆车可谓是劳苦功高。

还有一辆车，也不得不提，那就是我英语老师的飞花车。六年中学生活，这位英语老师教了我五年。他丰富的学识与灵活的教学方法，深得同学们的喜爱。在他的引导下，我喜欢上了英语，成绩突飞猛进。老师自然也对我寄予厚望，几次跟我聊起高考的志向，说我可以去学外语。是年六月的一天，老师说，傍晚要来我家家访。吃过晚饭，我就在门口等，等了不久，只见南边大路边，老师骑着他那辆飞花车一路而来，路边有个工程，不时有大卡车过来，卷起的灰尘把人、把车都裹了进去。待烟尘稍定，又见了他的身影。遗憾的是，我那年高考名落孙山。第二年复考成功，但还是没能进入心仪的外语专业，实在有负于老师的期许。那一晚，这辆小飞花车一路而来的情景，犹在眼前，师恩难忘！

而最令人想不到的是，我还有与我的第二辆自行车重逢的机会。我大学毕业后，到一所乡镇初中任教。教学楼的南面是一排高大的树木，树下是同事们停自行车的地方。有一次，我突然发现有辆自行车是那么眼熟。走过去仔细一瞧，那独特的车把让我一下子就认出了它，比七年前更旧了一点，车把积满了锈渍，仿佛老人脸上和手臂上的老年斑。于是，我就和同事聊起这车，他说是从修车摊上买来的，20元。他已经骑了好多年了，这车的质量不错，耐骑。还真不错，既没有"掉价"，又能继续任劳任怨这么多年，这辆车可以称得上"鞠躬尽瘁"了。同事表示要把车还给我，我哪能要？

望着停在树下的老车，仿佛是一场与老友别后多年的重逢，不禁莞尔。

后来，我又有过不少的自行车，时光飞逝，一幕幕影像加速从眼前掠过，而与这后来的一辆辆的机缘似乎浅了许多，竟然说不上什么来。是不是随着年岁渐长，感觉越来越迟钝了？还是有其他的原因呢？

记忆里的一辆辆车，组成一首熟悉的旋律，时时回响在我的耳边：是谁在敲打我窗？是谁在撩动琴弦……

幸福老爹

今年这个父亲节，我想说说我的老丈人。俗话说，丈人也是爹。

这几天，老爷子都在念叨着，今年这枚纪念章一定会发到他手里了。啥纪念章？就是那枚"光荣在党五十周年纪念章"！去年，同村的一位老党员获得了这枚奖章，可羡煞他了。老丈人说，1972年，他在部队成了预备党员，1973年，复员后预备期满，在村支部转正为正式党员。到今年，正好五十周年！于是这一年，他掰着手指算日子，七月快到了，这枚奖章终于快来了！他还说，如果不参军，他可能没有这个机会入党，是部队培养了他。

回忆起三年多的当兵生涯，老丈人如数家珍：坐火车来到福建漳浦，然后上了东山岛，入驻了猫耳洞，成了一名光荣的守岛战士。在部队里，连队组织了学文化，练才艺。从来没有上过学的他，学会了读写，学会了拉二胡唱样板戏。而原来呢？丈人说，原来他在生产队时，靠着"硬地上掘鳝鱼"，勉强认了几个字，可最终还是在行军包上写错了名字。他的名字叫"金浩"，而他写成了"全浩"，到了部队以后，经指导员纠正，才知道自己写错了。

带着部队里学会的本领，回到地方上，老丈人成了村文宣队的骨干，经常下村去演出，拉二胡，唱红歌，样样精通。直到现在，那把二胡还是他忠实的"老友"。每逢夏夜，吃罢乘凉饭，他喜欢来上一段，场院里琴声悠扬，夜空中月色清朗。看着他时而眯缝双眼，时而轻摇脖颈，我们也被他的快乐情绪感染了。

赶上了好时代，有退伍补助，有养老金，还有农村合作医保，老丈人说，只要身体健康，现在每天都是享福！我现在都不用干活，每天就是白相，要么去村老年活动中心打打牌，讲讲白谈（聊天），日子是好过来！是啊，都七十七岁了，的确是该享福了。可其实他是"说一套，做一套"。嘴上说得轻松，可手上却不肯放松，田地承包给种粮大户了。他就在田间地头忙碌，点豆种瓜，树桑养蚕，一样不落。住进了乡村别墅，没地方养蚕，就跟人家借了旧屋来养。子女们苦劝他不要养了，落得轻松点。他哪里肯听，这不，今年头茬蚕，他又养了半张蚕种。他说这已经"卖我们面子了"，照他的想法，起码再多一张。他们这代人，勤劳惯了，要他们闲下来，还真有点难度。老屋地基上，种上了朴树，几年下来，已经蔚然成林了。曾经这里是一幢三层小楼，当年就是他和丈母娘两人靠着省吃俭用，一块砖一块砖地垒起来的。

"奋斗本身就是一种幸福，只有奋斗的人生才称得上幸福的人生。"老丈人就是一位普通的农村老党员，干过农活，当过工人，他的一辈子写下的是一部最平凡的生活脚本。然而这个脚本却生动地诠释了"幸福是奋斗出来的"这句真理，值得崇敬与赞美。尤其是在父亲节即将到来之际，在他即将获得那枚闪闪发光的纪念奖章之时，他就是幸福老爹一枚！

老屋地基上还留着一棵枇杷树，枝繁叶茂。前阵子正是枇杷成熟的时节，"长是江南逢此日，满林烟雨熟枇杷"。我们一家人相约去采摘，丈人爹一马当先。来到树下，人高马大的儿子准备上树，却被老丈人一把拦下，"你还小，我来！"说完自己爬到了高处，摘下一丛丛的枇杷扔下来，让我们接着。

情义无价

阿姨过年八十周岁，干起活却像四十岁的人。我们跟她说，你哪里是八十岁？明明只有四十岁！

老太太仰头哈哈一笑，脚下一用力，小三轮蹦出场院门，她说地里的杭白菊要采了。

中午回家随便吃点，下午又去人家厂里兼职，打扫卫生。结束一下午的活，晚上必须喝一顿小酒，必须是白酒，好坏不管，小碗里倒满，喝了晚上很好睡。她说，黄酒、啤酒没劲；葡萄酒喝不来，酸！

听着老太太的笑语，思绪回到了四十年前的光景……

冬天天黑得早，又冷，所以一家人早早坐在床里，被子盖着暖和点。床是老式大床，顶上有架子，一根根木条横着。往中间的木条上绑根细绳，另一头绑个油瓶，瓶盖上挖个洞，灯芯从洞里穿出。点燃后，灯火如豆。阿姨纳鞋底，那针比缝衣针粗大许多，还时不时地往头发上擦几下。估计头发上有油,这样穿过那"千层底"就滑溜点。我们三个小孩子没事做,就吃蚕豆。晚饭后,阿姨炒了一把蚕豆,焦香阵阵,放在一个小箩里,端来放在被子上,我们三个就吃。炒熟的豆子很硬,得放在嘴里好久,才咬得动。先是很淡,嚼烂后,豆的滋味就出来了,很好吃。不过,要是搁现在,现在的孩子哪会去吃个炒蚕豆啊?吃蚕豆是个磨时间的活儿,等我们忙完,阿姨也完成了大半个鞋底。吹灯睡觉,床头有股淡淡煤油燃烧的焦味。

村前有条河,河水缓缓向东。盛夏时节,常会漂来大摊的水草。天热,水草长得快,又可能是上头的人家没绑好,让水草"溜"了。村民们捞起来,喂给自家的羊吃了。阿姨家后门搭了个草棚子,也养着三只湖羊。于是,我也去捞水草,站在岸边,拿竹竿去拨前头的水草,让它改变方向,朝岸边漂过来,等近了,再弯下腰去抱,然后往棚子里赶。三只羊一见,咩咩直叫,一大捧水草足以让它们大吃一顿了。

村前的这条河直通太湖,东来西去的船只很多。有罱河泥的,有装货的,有运化肥的,还有很多小木船,来往穿梭。当地很多人家种萝卜,丰收后就往杭州卖,装满一船,慢慢悠悠向卖鱼桥去了。有次河面上漂来很多萝卜,说是上头有个船装得满,舱进水了,船沉了汉港里了。船上的人是没事，但只好瞪着眼看着萝卜四散浮漾。与捞水草一样，村民们纷纷出动。我也加入其中，捞到了不少萝卜，装在篮子里，往阿姨家拎去。村口有个人拦住我，跟我要两个萝卜吃。我的回答很干脆：不给！我阿姨家自己吃都不够！

那时经常要学习，全下伸店的人都要去镇上供销社集中，学习报纸，学习文件，晚上就住在那里。没办法，母亲只好把我放在阿姨家。晚饭时，阿姨不知从哪里弄来一个鸡蛋，在灶上蒸了一碗水炖蛋。吃饭时，阿姨把蛋放在我面前，让我吃，不让她两个女儿吃，两位姐姐只好巴巴地看着我。直到碗里剩下点底了，阿姨才用调羹刮了刮碗底，汤汤水水，两个姐姐每人一小勺。

后来母亲调回镇上工作。而寒暑假，就像在外上学的孩子一样，我会独自回到西圣埭。坐一个小时的轮船，然后一溜小跑，穿过大半个石门镇，跑到丰子恺旧居附近的木场桥。桥下有一班船，再坐一个小时的船，我便可以回到那里。

等待我的必是一顿"盛宴"，阿姨会亲手包馄饨给我吃，那是我最喜欢的。她早就用家里的麦子换好了面粉，一根孩儿臂粗的竹杠子似乎成了魔法棒，一个厚重的面团，在不停地压实、滚动、翻卷之后，竟然摊成与八仙桌面一样大的薄面饼；运刀切成手掌心宽的长条，再一刀刀变成一张张皮子；包上和好的肉馅，不用多时，就做成满满一匾馄饨。烧水下锅捞起入碗，碗里必点缀些榨菜丁提鲜，那馄饨的味道，如刀刻斧凿般印在脑海里，再也不能忘怀。

有一年暑假，阿姨家搞副业，要起一个蘑菇棚，后院两间空房正好派上用场。家里请了好几个壮劳力，一船基料要从河边挑回家。基料沉重，哼哟哼哟，四个大男人如织机上的梭子，汗珠斗大，阿姨则在灶上忙。今天的活重，菜必多荤腥，一只肥壮的北京鸭是主菜。看着大家你忙我忙，我也不好意思闲着。我说，让我来烧一个卤鸭，给大家吃。话音刚落，阿姨家的老姑父正好挑着一担料进门来，忙不迭地喊，瑞英，小人家烧不来，你可不能让他烧，等下害大家都吃不成！

而阿姨却笑笑，坐在灶口，"让伊烧，让伊烧，讲不定伊倒烧出来好吃的！"阿姨的"纵容"给了我力量。将鸭肉劈成两爿，起锅烧油，下佐料，再放鸭肉，最后放酱油、清水，水没过鸭肉，盖上锅盖……等起锅时，香味扑鼻，肉色红亮。这顿中饭，老姑父吃得高兴，连呼"想不到，想不到，真的烧成功了，还那么好吃！"

所有人都吃得很高兴，我也特别开心。

第五辑

腌腊里的年味

腌腊里的年味

侄女家送来一只酱制的番鸭,我将之挂在阳台上晒一晒。酱油浸渍后的鸭肉发出阵阵香味,提醒着我,又要过年了。每到这个时候,我走路时,就喜欢抬头看看人家阳台上或屋檐下晾晒的酱肉、酱蹄、咸肉、腊肠,也更愿意自己家的阳台、屋檐下也挂满了这类东西,看着它们,心底踏实,岁月静好。

变动的是时光,不变的是习俗。于是就想起了有关准备过年腌腊食品的种种。

小时候,看到过外公过年时腌制猪蹄和咸肉,物资不充沛的年代里,两三方肉或一两只鸡鸭,已经是竭尽主人家的能事了。平时是不舍得吃的,要等到年里的客人来时,方才见得到它们的踪影。切成大块的咸肉,客人也不舍得吃,主人硬是给夹到碗里,他们这才动筷子。有更讲究的人则是将埋在米饭里的大肉上沾着的饭粒剔干净,重新送回到它的"群落"。大家都知道这种说法,叫作"看鱼拨肉",鱼是用来看的,肉是可以拨来翻去的,但就是不吃。

父亲爱喝酒,也懂得吃,更摸索出很多的美食之道。他以为,美酒与腌腊是绝美的搭配。每到年末,他就要开始准备起来,猪蹄、猪手、猪尾巴、后臀肉以及鸡、鸭,都可以走入我家制作的腊味"群芳谱"。尤其是他制作的"元宝头"(腌猪头),咸淡适中,品相上乘,必先用之祭祀祖先。饭桌上排开各色小菜,元宝头居中,散发着热气与香味,想必祖先们吃得也是眉开眼笑。母亲还是一旁念叨那句老话:祖宗虽远,祭祀不可不诚;子孙虽愚,经书不可不读。有腊味参与的祭祀,必定是最有诚意的。

父亲做腌腊是有秘籍的。他说,做酱货的灵魂在于那锅酱油,首先必选大牌的酱油,其次对酱油一定要事先加工,放入适量的冰糖增味(南人嗜甜),而后再加入味精提鲜,煮开,待酱油凉透,再将鸡、鸭或肉入内。有一年,一位亲戚学了这招回去"照方抓药",最后却前来诉苦,说待吃时,肉已经变质。细问之下,原来是他性急,没有等酱油凉透。事情就是这样,一步都马虎不得。而做腌肉时,父亲必选上好的四川花椒,和粗盐一起炒热,放凉,然后一层又一层地往肉上抹,抹一层,将肉揉搓一遍,美其名曰"按摩"。最后一遍时,就改用精盐。经过多次按摩的肉，腠理已经打开，这时精盐登场，更能入其肌理，平添滋味。最后入缸，最好是陶缸或土瓷大瓮。半个月以后，不论是酱货，还是腌品，都暴露在阳光底下，让它们吸取天地日月之精华，接受空气和风力的磨蚀，期待它们最终的惊艳亮相。父亲做的腌腊在家族里出了名，每到年节，必定会做很多，亲戚朋友间相赠，平添了几分年味。

我有一位朋友，是四川人，每逢过年，他的父母必定会从家乡资阳寄来一大包腊肠。他经常与我分享这种家乡的美食。我吃出来了，这里面有盐的味道，山的味道，风的味道，阳光的味道，也有时间的味道，更有人情的味道。千里之外，父母对儿女的思念细细地揉进了腊肠，咬一口，儿女便自然而然地想起了家的味道，父母的味道。明月可以千里寄相思，那是文人与恋人的偏爱。而几根腊肠来得实在，来得干脆，那种直白而纯粹的麻辣鲜香，也是幸福的味道。

而如今，大家出于健康的考虑，对这类东西似乎有点不放心，觉得不宜多吃。然而，商家却不会放过这样的机会，早早地提前备下了货，精致地包装，精心地推销。哪家哪户没有个红红的腌腊礼盒呢？走亲访友，带着送人，讨人欢喜。因此，家家户户的餐桌上都少不了它们的身影。但人们还是没少吃，这千百年来形成的味蕾记忆，哪能说改就改的？我还是钟情于自家炮制的腌货酱货，透着手板心里的温度，还有应时而生的喜庆。商家的成品总感觉隔了一层，或是少了点什么。

还记得以前的对门邻居，时年九十四岁的汪奶奶。年节里，冬日暖阳下，搬一把小椅子坐门口。老太太手里捧着饭碗，米饭上顶着一大块咸肉，咸肉闪着油光。老太太眯着眼，噘着嘴努力地啃着肉，待吞下去后，打开了老话题："从前，阿拉爷（我爸爸）过年个辰光，过年咸肉也腌不起（买不起肉），要吃块咸肉也吃不着。现在好啊，我自家屋（自己家）里做的'家乡肉'，真是好吃来，杀饭（方言：下饭）！"

留住幸福的味道

曾在《解放日报》的《朝花》副刊上读到这样一篇文章，作者讲，过去某年过年时，全家老小齐聚海边一餐厅，鱼虾贝鲍，一样不少，尤其是那条野生大黄花鱼，所费不赀。但是在作者尝来，还不如1977年过年时在北京家里吃的那条鱼的味道。那一年，国运重启，百姓振奋，北京市政府专门给全市每户人家配给了一条鱼。作者陪着奶奶在寒风中排了三个小时的队，虽然鱼比成人手掌心大不了多少，他奶奶还是将其做成了一道红烧鱼，全家人吃得那叫一个高兴！于是，作者感慨，是不是随着我们的生活水平日益提高，而如今人们对幸福的味道的感知力却在下降呢？

读到这里，诸君是不是也有同感？马上过年了，物资充足，再加上物流发达，天南海北，想吃啥就有啥，但过去的那种幸福感却好像很难再找到。是我们幸福的味蕾退化了？或是陷入了甜蜜的烦恼里呢？不是的，只是我们心情过于急切，好像旅游一般，总想早早地赶到目的地，而忽略了旅行最大的美就在于沿途的风景以及看风景的心情。

那怎么找到这种久违的幸福感呢？路虽远，行则将至。更何况，想要把过年的幸福味找回来，并不是一件难事儿。比如说，为家人做一桌年夜饭，不必是海陆鲜汇，就是普通的家常菜即可，三五个凉菜，五六道热炒，一碗汤抑或是两道点心，再加上一条大鱼。对了，我们这里讲究的蹄髈可别忘记了。在你准备年菜的过程中，融入的是你对家人最好的爱和最真挚的祝福。如果能喝酒的，喝点助助兴，家人围坐，灯火可亲。再布置一下家居环境，营造过年的氛围，福气的贴纸贴起来，会写春联的写起来，不会写也没有关系，线上线下买几副又何妨？不就是图个喜庆热闹？也可以买两个大红灯笼挂起来，或者挂一两串会发光的电子小灯笼，黑色的夜当幕布，红色的光格外闪亮，红彤彤的中国年，红通通地过。还可以带着家里老人（身体条件允许），附近景点走走看看，古镇游或美丽乡村游都不错。三冬过后是阳春，散散寒气，春和景明。即便是沿着康泾塘边走走，那火红的火棘不正像是冬天的一把火吗？平添了不少喜气。或者是邀请上三五好友，泡一壶浓茶，摆两斤瓜子，阳台上，露台边，屋檐下，家长里短，话里话外，都是过年的节奏。

很多人喜欢吃山核桃，来自山野的自然的味道让人齿颊留香。有人喜欢直接买来核桃肉解馋，而也有人则钟情于将一颗颗坚硬的核桃轻轻咬碎，在碎裂的果壳寻觅与果肉相遇的机会，这样的幸福体验似乎来得更加悠长与深厚。或许这是留住幸福滋味的秘诀，其实也不是什么奥秘，因为除了时时紧盯着手机屏幕，我们能做的还有很多。

城市灯火通明之时，村庄灯影星星点点，最好有一束烟花冲天而起！新年不仅是对人们一年来的身心安顿，更是提醒着人们，生活就是这样有滋有味，让我们一起来留住幸福的过年滋味吧！

过年

（一）

儿子学了几年书法以后，我就让他写几副春联，自家门上贴一副，他乡下外婆家的大门上也贴上两副，算是增加一点越来越淡的年味儿吧！今年过年也是如此，感到欣慰的是，较之往年，儿子的书法显然有所进步，笔画间现出点厚实的味道来了。

说来也巧，正好读到诗人于坚的文章，是关于春联的。有一段话吸引了我的目光：春联起源于周代的桃符，当时人们把长方形的桃木板悬挂在大门上，用于驱鬼纳福。《后汉书·礼仪志》就有记载："正月一日，造桃符着户，名仙木，百鬼所畏。"看到这里，霎时间一种热流游走全身。就在这灵光一现之间，我突然想到了，泱泱中华文明，历经数千年的磨难而依然生生不息，其奥秘不正是在于一种神秘的文化遗传密码吗？两千多年前，我们的祖先已经懂得用桃木板挂于门上来避邪祈福。而两千多年后某一天，当我们抱着刚出生不久的儿子到乡下做客，欢聚后，临行前，孩子的外婆是千叮咛万嘱咐，叮嘱我们路上要小心。正当我们转身要离开时，她突然说："等一下！"随后便急匆匆转过屋角，不一会儿出来了，手里多了一根树枝，她一边走，一边将树枝折成几小截，塞到孩子的襁褓中，并用力地按了按，说："这些是桃树枝，避邪的，小孩子带着路上就没事了！"

人们常常会惊诧于遗传基因的神奇与神秘，而眼前这一幕，似乎让我看到了我们的先民匍匐在地，手里攥着桃树棍子，口里念念有词，企求上苍神灵的庇佑！这穿越时空的"文化遗传基因"竟如此鲜活而又不期然地呈现我们面前，怎不让人为之心荡神摇？

除夕之夜，美国友人刘东文在我家过年。吃罢晚饭，我们一家带着他上街闲逛，呼吸着清冷的空气，看到满天缤纷的烟花，听到此起彼伏的隆隆鞭炮声。作为一名华裔，第一次在中国土地上过年，他眼里写满了兴奋与惊异，同样也闪烁着新鲜。也许此刻，他的血液里奔流着的正是这种神秘的文化基因！

（二）

除夕夜的雪，将虎年的第一天装点格外素朴。清早，城市的街道上，空气清冷，行人稀少。天空中还掺着牛毛细雨，看似细微，但要是你不撑伞的话，照样会濡湿衣服和头发。

医院门口，一改往日车如流水、人群涌动的情景，只偶尔有几个人进出。不过，那个每天守在医院门口卖烤地瓜的小贩还在。黄鱼车上的炉子的火还没有起旺，青烟在湿润里的空气久久散不开去，他不停地往炉膛里添柴，头发上结着密密麻麻的小水珠。一堆打湿的地瓜搁在炉子的一角，孤零零地缩在那里。

"师傅，没回家过年啊！"我跟他打了个招呼。

"呵呵，没回去啊！"他见我跟他打招呼，抬起头来，露出微笑，拿着捅炉子铁条的右手顺势抹了一下鼻子，鼻子冻得红通通的。

"老家是山东的吧？山东哪里的？"从平时的吆喝声里，我知道他是山东一带的人。

"郯城的，临沂地区的。"他见我没有跟他买地瓜的意思，就又低头忙开了。

大年初一，会有人找他买地瓜吗？

（三）

大年初一的晚上，除夕夜积攒下来的雪已经化得差不多了，天显得格外冷。

晚饭后，一家人准备健步去超市买点时蔬。顿顿鸡鸭鱼肉，肠胃也该休息一下了。从超市出来，三个人手里各自一大包，路又湿滑。走到一半，儿子就提议叫辆三轮吧！站在路边等，前面来了一辆，车夫见状，就放慢了车速，向我们瞧了瞧，眼神似乎在问，要车吗？

当然要。"去某某小区，多少钱？"我习惯于问个价。

"六元吧！"

"好，走吧！"载着我们一家三口，车子不一会儿就到了楼下。我掏出钱给他，平心而论，他要的价格是很公道的。这样的天气里，又是大年初一晚上。要是平时，这段路也得四五元钱的路费。

当我把钱递给他时，路灯下，我发现他的鼻涕挂了下来。我并没有觉得有什么不雅观，轻轻地问了他一句："贵州来的吧？""不，四川的。"瘦小的他憨憨地笑了笑，掉过车头朝着小区外骑去。

今天晚上，他会踩到几点钟呢？

（四）

除夕夜，漫天的鞭炮隆隆和烟花绚烂。

大桥边，暗黑处，传来几声长腔缓调的川黔方言。一位大人，边上围了三四小孩子。大人手里提着一个大灯笼，正用打火机将灯笼里的火点燃，呵，原来是放孔明灯啊！灯笼像气球一样，越鼓越大，渐渐轻盈起来，似乎想挣脱那人的手。那人的手轻轻地往上一扬，孔明灯缓缓地向上飞升，飘飘悠悠地向着西面飞去，越飞越高远，不久就变成了黑暗中红亮的一点。他们几个人一直站在那里目送它离去。

对啊，一路向西，就是他们遥远的故乡。孔明灯飞得到吗？

年菜如斯

马上又要过年了，年菜总是绕不开的话题。老生常谈，常谈常新。一桌子精心准备的年菜，总是最经典的保留节目。

据说八宝糯米鸭是道宫廷菜，后来流传到民间来了。顾名思义，是往往鸭肚子里填上干贝、火腿、冬菇、栗子、虾仁等食材。我家制作这道美食的照例是我父亲，他先把猪肉丁、笋丁、板栗与糯米混在一起，加酱油调味！再选一只麻鸭（北京鸭太肥）用调羹一勺勺将米填进鸭肚子里，最后戴上老花镜，拿针线把鸭腔缝合。他今年八十五岁了，这样的细活儿早就不干了，但是他坐在桌前缝鸭的样子，恰似一张老照片，定格了下来。后来，镇供销社食堂逢年过节，供应八宝鸭。好大一口锅，上百只鸭子煮一起，更香！镇上的人都排着队去买。

年夜饭里常备的有两道点心，一道是八宝饭，另一道是春卷。八宝饭也没有八样宝贝在里面，主要就是红豆沙拌糯米，放碗里蒸上，待冷却后再将碗倒扣在盘里，初胚做好了，要吃的时候，再洒上点红丝绿丝蒸上，上桌时，浇上猪油和糖汁，热气腾腾地端上桌。老人和小孩尤爱，甜嘛！我外婆在世的时候，最爱这一口。今年酷夏，她老人家度百岁而逝。这个春节，这口甜的就少一人品尝了。春卷也讲究现包的。年前几天，马路边一下子冒出很多做春卷皮子的小摊，立等可取。皮子拿回家后，有包入豆沙馅，也有用白菜猪肉做馅，不一而足。等年菜吃到一半时，就开始炸春卷了，家人一齐动手。刚炸出来的春卷，香气四溢，焦黄酥脆，孩子可以连吃好几个。

此外，还会准备金鱼蛋饺。煤球炉上放一把汤勺，一块生猪油抹一圈，舀一勺鸡蛋羹，将勺子缓缓转圈，蛋羹均匀地摊开，再夹点肉糜放在蛋皮上，拿筷子拎起蛋皮的一角，合上，再用筷子在"蛋盒子"中间一夹，一个形似金鱼的蛋饺就做成了。在我看来，这盘菜的意义是"看大于吃"的。你想，一桌子浓油赤酱，间以一道金鱼蛋饺汤，汤里菠菜碧绿，"金鱼"浮漾其间，眼明神爽。

鸡黄肉的制作也不难，把五花肉改刀，切成肉丁，在面粉糊里滚一圈，入油锅炸，有点像炸小酥肉。刚出锅时最香，小孩子站在一边候着，冷不丁里地拎一块送到嘴里，也不管烫不烫。人们家里常会做很多，放盘里备用。来客人了，加木耳韭黄笋片翻炒，勾芡起锅，也可放点矮脚青菜汆汤，也很好吃。

买一条草鱼或鲢鱼回家做鱼圆。鱼去鳞，从尾端入刀，把肉割下来，拿根小钉子，鱼皮朝下，把鱼肉钉住，左手扯着一头，右手拿刀刮，把肉刮下来，直到鱼皮上一点肉也不剩；接着在鱼肉里下佐料，加蛋清，加点熬好的猪油；然后再拿几双筷子合一起，顺着一个方向搅，飞快地搅。啥时可以停了呢？我舅舅说，松手，那几根筷子直挺挺地立在那里不倒，这一步就算是完成了。再在火上坐一锅清水，等到锅底清水微微泛起泡沫，用手抓起一坨洁白如羊脂的鱼糜，五指弯曲向内较劲，让鱼糜从虎口处挤出来，另一只手拿调羹舀一下，手轻轻那么一抖，鱼糜就离开调羹，游到清水里，等完全浮起于水面，鱼圆才算大功告成。你瞧，多费事啊！不费事，还叫年菜嘛！

现在物质丰裕，物流发达，海陆鲜汇，天天可以像过年，但过年总是有过年的气象。爱以年之名，牵引着每个人，所有的辽阔与驰骋都逐渐收缩与奔赴，一桌再普通不过的年菜，家人围坐，灯火可亲，多好啊！

吃鱼的记忆

读周海亮的小说《木鱼》，引出思绪万缕。贫穷，曾经给世代生活在黄土地上的人们带来多少伤痛的记忆。长年极度缺水，在连饮一瓢清水便好像是进了天堂一般的地方，更遑论吃到鱼虾。但是人们对于鲜鱼的美好念想并没有被破坏，他们依然保持并延续这样的向往，他们自有自己的智慧。于是，酒席上就出现了木头雕刻而成的鱼，栩栩如生，同样地郑重其事：淋上汤汁，端上桌来。只是大家都知道，这只能看，不能吃。望着这盘木鱼，相信人们脑海里涌动的还是对能吃到鲜鱼的热望。等酒席撤下，厨师们便把木鱼清洗干净，仍旧用丝线串起来，在木片相互碰撞发出的声响中，向着下一家去了。

于是回想起小时候一个场景。那时的我，也如小说里主人公——冬子般大小，八九岁。过年，外婆带我去海宁盐官亲戚家吃年酒。早晨出发，转了两班轮船，等到了徐埠桥，已近午饭时分。主人带着我们来到屋前的一口水塘边。那里有一根绳子，一头连在水里的大竹笼子，一头拴在一棵树身上。主人用力拉起笼子，拖到岸边，挽起袖子，伸进笼里。手臂收回，一条大白鲢鱼在他手中不停地挣扎，甩起的水珠直打到人脸上，冬日暖阳下，细密的鳞片闪着银光。没多久，一盆糖醋鱼端上桌，再撒一把嫩韭黄段，酱香四溢的汤汁，鲜嫩水灵的韭黄。吃过一块，那种滋味便刻入了记忆里。

并不是想夸耀江南水乡之物产丰富与生活富足，还是那句老话，一方水土养一方人。不同的地方，不同的风物，一样都可以将人养得元气淋漓。只不过，曾经生存环境比较恶劣的黄土地上，这样的食俗实在令人感慨。而现在，黄土地的人们再也不会有曾经的遗憾了。交通之发达，物流之便捷，环境之改善，经济之发展，相信他们的桌上，碗里也会流淌着鲜鱼的美味。那些贫穷的日子早已过去，令人伤痛的记忆也已然作古。

曾经在某报上读到过一段也是关于吃鱼的记忆。1998年春节，作者全家人在美国过年，在西雅图一家坐落于海岸悬崖上的旋转餐厅里，底下是波涛滚滚的太平洋。过年最隆重的一道菜端了上来，那是一条产自太平洋里的大海鱼。但是作者却觉得味道远逊二十年前在北京吃到的那条鱼，一条比成人手掌大不了多少的鱼。那鱼的味道，那叫一个地道！那年过年，北京给每家每户增配了一条鲜鱼。作者陪着奶奶排了老长的队，才买到了这条手掌大小的鱼。回到家，奶奶给做成了红烧鱼，一家人围坐一起，每人一小块鱼肉，吃得很香。这股美味在作者的舌尖、心头整整萦绕了二十年，家国情怀不绝于怀。

说到鱼中上品，那非黄鱼莫属。大家都知道，现在很难吃到真正的黄鱼，即使是如今已经能人工养殖，但量少货稀，难以满足千家万户的需要。偶尔能捕到一条野生的，那足可以登上新闻头条。然而，曾几何时，野生黄鱼是寻常百姓家的家常菜。时光回溯到四十年前，那时就经常可见黄鱼上桌，我也记不清吃过多少了。红烧、清蒸，随意发挥。那可是真正的蒜瓣肉，筷子一撅，一块如白蒜头大小般的肉，送进嘴里，紧致，有嚼头。最妙的是鱼头，可以吃出两块小石头，白白的，有莹莹的光泽，大的有半个拇指甲盖那么大，小的就只有其二分之一大小了。两手里各握着一块小石头摩擦，会发出"嚓嚓"的声响，小伙伴们就收集起来当玩具。一个夏天下来，每个人的衣袋里足足有半袋之多。夏日路灯下，飞蛾盘旋，蚊虫肆虐，也影响不了街坊上的小伙伴们的雅兴。大家相互比较，比谁的石头大，谁的石头亮。有人还说，这个石头摩擦后可以生火，不知道是真是假，我们没有试过。长大后，读书了，才知道真正的黄鱼都是有这玩意儿的，名字唤作耳石。李时珍在《本草纲目》写道："生东南海中，其形如白鱼，扁身弱骨，细鳞黄色如金，首有白石二枚，莹洁如玉。"说的就是这种鱼的特点。

不过，后来就越来越少吃黄鱼了，捕得太多、太快，黄鱼几乎绝迹了。幡然醒悟之下，人们终于认识到了曾经犯下的错误。禁渔、科研、养殖……多措并举，旨在重建海洋生态。然而，想要恢复到以前渔汛时的那种盛况，恐怕还有一段很长的路要走。看来在大自然这位知识渊博的老师面前，人类还只是个小学生，一个稚嫩的小学生。

还有一段记忆，也是难忘的。十一年前的七月，同学一行四人，在当年高中老师的带领下，一路南飞，赤日炎炎，碧波漾漾，涠洲岛用她的热情与美丽欢迎着我们。是日，一双双慵懒的脚在海边的菜市场闲逛，四处打量一个个大小的水盆，那是渔民们刚刚赶小海归来的收获。不一会儿，网兜便装着各式鲜鱼。回到旅店，请店主为我们加工。清蒸、白灼、红烧，锅碗瓢盆一阵响，摆了满满一桌，桌子放到门前走廊下。夜潮静悄悄地涨起来了，无数朵细浪花朝着我们这边晃悠过来，顽皮地舔着我们的脚丫子，凉飕飕的。而酒是热辣辣的，师生情、同学谊，都融汇在这酒里，相视一笑共举杯。远处夜的幕布上，挑起了一轮金黄的圆月，月华四射，海面上浮光跃金……

"偷"肉记

冬日暖阳洒满了整个街坊。各家各户为过年而准备的咸肉、酱肉都晾晒在窗口,接受阳光的按摩,油亮光光,看了真叫人嘴馋。

三年级的那个寒假,每天除了写点作业,就东家进西家出。大人们都上班去了,一帮少年人玩得更加自由、自在。

这天下午,我转到弄堂口的 S 家。他家两兄弟,还有隔壁 W 家的老四都在,三人围坐在桌前正喝酒,桌上放着一把烧开水的铝壶,还有花生、皮蛋之类的下酒小菜,屋里飘着一股香味。S 家老二招呼我坐下,拿过一个小碗,拎起铁壶给我倒了一碗,"尝尝,这是我乡下外公家自己做的'杜搭酒'(米酒),很好喝!"端起一尝,还是热的,甜滋滋的,真是好喝,就全部喝了。见此状,老二又给我倒了一碗,我又全喝了。等喝到第三碗时,S 家老大走到煤饼炉边，把炉上一个冒着热气的钢精锅端到桌上，掀开锅盖，香味愈发浓郁。老大给他弟、小W喝干的酒碗里盛了一碗，又拿过一个碗，也给我来了一大勺。一看，原来是酱肉切成细丁，与大米煮在一起，还撒了点小葱。红的肉丁，白的米粥，绿的葱花，好看又好吃。一碗肉粥下肚，热力催着酒意走遍全身，头开始犯晕，迷迷糊糊中又喝下了一碗，恍惚中看到，他们后来都不怎么喝了，都笑着看我喝。

好在离外婆家近，跌跌撞撞摸到后门口，门槛上一个绊蒜，整个人从门外摔到了门里，把外婆吓了一跳。她正在淘米，一看情景就明白了是怎么回事，问我和谁一起喝的酒。拖着我，外婆一直冲到S家门口，把这两兄弟好好骂了一通。其时，老S下班回家了，他也把两个儿子一顿痛骂。

第二天酒醒了，事情似乎也就这样过去了。眼看着就到了年三十了，从早上开始，各家各户都忙里忙外，忙着准备一顿丰盛的年夜饭。主妇们卷着衣袖，都在水里洗菜、洗肉。小孩子们则在一旁等着灶上的蒸锅开锅，那个香喷喷的大猪头是大家的念想。出锅时，大人们拆去猪头里的骨头，孩子们在边上，等着大人们撕一块肉塞进他们嘴里，或者自己动手，抢一小块掉在砧板上的碎肉扔进嘴巴……

近中午时，只听得S家有动静，而且越来越大。走过去一看，只见 S 家老二从门里飞快地冲出来，紧接着是老大。最后是他们的老爹，老爹手中还握着一把菜刀，一阵咆哮："你们……切肉，你……你们切肉……"老 S 青白的瘦脸更加青白，脖子上根根青筋暴起，写满了狰狞。

等事情平息下来，大家渐知真相。原来，老 S 年前早早地酱制了一个蹄髈，晒足了几个"大太阳"。他怕蹄髈被猫偷鼠啃，于是用旧报纸仔仔细细地包好，两头扎好，挂在房梁上。不想家里两个小子却动起了脑筋，趁大人不在家，割肉偷吃，每次只割一小块，然后撕点报纸塞进去。等老 S 准备炖了这个大蹄髈，从梁上取下这个纸包时，感觉分量轻了不少，正满腹狐疑。再打开纸包一瞧，傻眼了，只剩下一根大骨头，孤苦伶仃的一根大骨头。老 S 那个气啊！所以就有了先前"追杀"这一幕。

年照样要过。过了年，事情真的就过去了。不过，就是不知道，老 S 后来把这根大骨头如何处理了。

金鱼蛋饺

汪曾祺说，他的家乡年关将尽时，要舂粉子来做蒸糕，做年烧饼和搓圆子（即汤团），大家都到邻居家的碓子上去舂，等粉子舂好，就快过年了。于我而言，我外婆家要做金鱼蛋饺了，就快过年了。

这是外婆家过年自用、待客必备的一道菜。氽过水的菠菜铺叠盆中，上面盖着十几条形似金鱼的蛋饺，黄绿相间，要吃时，浇上滚烫的骨头汤，在一道道雄壮的肉菜之间，清新悦目又爽口。在街坊上，这道菜可是独一份！众邻都不大愿意做蛋饺，过年菜有了那"几大件"就够了，何必还要花那工夫准备蛋饺？麻烦！可秋明舅舅却乐此不疲，每年除夕团圆饭，他都会前前后后，张罗出一桌像样的菜来招待一家人，其中，蛋饺是必不可少的。

我十二岁那年，又到了准备年菜的日子。秋明舅舅让我跟着他学做蛋饺。听到这个好消息，我有说不出的高兴，做了多少年的"看客"了，终于有机会练练手了。不过，心里还是有点忐忑，怕做不好。舅舅说，不要紧，这个学起来很快，而且他会在一边指导。于是乎，我的信心如蜂窝炉里的煤饼，一下子燃旺了。他先演示给我看，切下一小块猪肥膘，一把大铁勺搁在炉眼上，用左手拿稳，右手用筷子夹起肥膘，在勺子里抹一圈，接着舀起一勺蛋液倒入汤勺里，左手腕轻柔地转一圈，蛋液顺势流到了勺子四周，在热力的作用下，一张薄薄的蛋皮就成形了，夹起一小团肉糜放在蛋皮上，用筷子轻轻地揭起一半蛋皮，盖住肉糜，这时，再拿筷子夹住蛋皮往中间一紧，稍作停顿，一只蛋饺就成形了：包着肉的部分蛋皮鼓鼓，活脱脱金鱼的头，而后半部分则蛋皮铺开，形似金鱼铺展的凤尾，煞是好看。

对于这套"程序"，我早就看熟了，总觉得简单。可是等到自己上手，才发现这并不简单。依样画葫芦，拿起猪肥膘往勺底一抹，舀起蛋液往勺里倒，也不知道分寸，蛋液放少了，蛋皮比舅舅做的小了一半。舅舅说，你吃了吧，包不成了，等下蛋液多放点。第二次，蛋液是放准了，但不知怎的蛋皮却焦了，可能是搁在火上的时间长了点。没办法，重起炉灶，总算做成了一只，然模样不精致。我看看舅舅，他没言语，眼神告诉我：继续。慢慢地，我就熟练起来了，一连串动作一气呵成，蛋饺的样子也"俊"多了。不多时，几十条漂亮的"金鱼"就这样诞生了，摊开放在一个大搪瓷盘子里。瞧着自己的作品，心里暗忖，年三十晚上一定要多吃几个。

年三十晚上，所有的菜是都可以放开吃。而过了三十呢，大人交代，所有上桌的菜都是留着招待客人的，自家人不能多吃，要是吃得多了，以后招待客人就没菜可吃了，我们都牢牢地记着。年初一的上午，照例来了乡下的客人，他们照例是先要到镇上去逛逛，逛完后，来吃饭。一桌人，坐得热热闹闹，咸肉、酱肉，鸡肉、猪头肉堆得高高，一盆盆端上来，大蒜烧笋干、咕咾肉等年菜也跻身其间，当然还有那盆金鱼蛋饺。吃饭的过程是一场"博弈"，客人不好意思多夹菜，主人就夹起一块肥厚的肉往他碗里摁，客人抖了抖粘在肉上的饭米粒，把肉送回盆里。几次三番，三番几次，客人才愿意吃上一块。而我最关心的是那盆蛋饺，自己吃不到，也不希望客人们吃。而客人们似乎对此也不大感兴趣，都没有动它。第二天，又来了一拨客人，肉吃掉了几块，蛋饺也消灭了几个。历经了几拨客人，那几十个蛋饺终究还是剩了不少。外婆说，再放下去，要坏了，你们吃了吧。

现在，超市冷柜里有金鱼蛋饺出售，想吃随时可以。现在，过年时也不再自己买汰烧了，亲朋好友到饭店里聚一桌然后就散了。不过,冷柜里的蛋饺是机器做的,饭店里的菜也没有故事。每逢要过年了,我就会想起,外婆家,朝北的屋子,一盏白炽灯,发出黄晕的光,煤饼炉芯烧得通红,猪油的熟香弥散在空中。我坐在炉子边做蛋饺,家人围坐,灯火可亲。

寻找年味

时光留不住,不管我们怎么珍惜它,它还是一天天地在我们身边烟消云散,马上又要过年了。

大家都这样说,小时候很盼望过年,因为有好东西可吃,有压岁钱可拿,还有鞭炮烟花可放,好像从前过年的好处说也说不完。而现在,虽说生活水平日益提高,年味却似乎寡淡了许多,都觉得过年也就那么一回事,与平常没什么两样。我也常常这样认为。

而近来想想,发现可能是自己的想法有点问题。年味,它一直在,只不过我没有认真去发现与品味。仔细梳理一番,还真品咂出不少的"年味"。

要过年了,第一件事要去看看老外婆。老人家马上九十九岁了,在养老中心活得欢蹦乱跳。小辈们去看她,她自然是很高兴。去看她,当然不能空着手,带上两瓶鱼肝油吧。夏天时,曾给她带过一瓶。自从这以后,每次去,老外婆都会拉着我的手说,这个鱼肝油对眼睛好,我吃了以后,眼睛好了很多了。所以,还是继续带上两瓶鱼肝油吧!

走进敞亮的房间,老外婆正凑在电视机跟前,看着电视。我把鱼肝油递给她,大声地跟她说,上次的鱼肝油快吃完了吧,我又带了两瓶来!老外婆马上又重复了一遍先前夸赞过多次的话,鱼肝油吃了,眼睛好很多了。鱼肝油真有那么神?会对一位九十九岁老太太的眼睛产生这么大的功效?其实也不过是老人家的心理作用罢了吧!

外婆把瓶子接过来,脸上笑开了一朵花。我也笑了,"相信就是补",既然老太太相信,那就好。老太太的笑,就是浓浓的年味。

表妹家的小外甥古灵精怪,着实可爱,家里的玩具全是武器与汽车,都快堆满一间屋子了。要过年了,第二件事是给他选点什么小礼物呢?想来想去,不如选一台挖掘机吧。当我把那个大盒子放在他面前时,那台黄色的机器穿过透明的包装纸,散发出无穷的魅力。只见他一声欢呼,整个人都扑了上去,把个盒子紧紧抱在怀里,后话都不用再表述了。都说男孩心里都有一个开挖掘机的梦,千真万确。小外甥的欢呼,就是浓浓的年味。

鼠年就要到了,家里总得布置一番吧,第三件事即是如此。除了大红的灯笼，再选点窗花，什么"福鼠聚宝""欢鼠祝福迎新年"……挑得都花了眼，在网上下了单后，两天就到手了。先把玻璃擦拭干净，红艳艳的窗花贴起来，感觉家里一下子被点亮了起来。退后两步，再自我陶醉一番。这时，一对男女从阳台前走过来，男的用手一指，女的也看了过来，他们也发现了这喜气洋洋的窗花，一种快乐之光顿时在他们眼里闪过。这种被点亮的光，就是浓浓的年味。

要过年了，件件与过往年节有关的回忆如约而至。譬如2011年春节，大年三十晚上，从上海站出发，一路向西，直奔西安。在西安的这几天，厚重的古都文化让人沉醉。就单是回民小吃街，就足以让我们终生难忘。从街的这头吃到那头，肚子撑得滚圆，但还是在一家酸汤水饺店门口挪不动腿了，最后商量的结果是，来一大碗水饺，大家分着吃。酸酸的汤水，鼓鼓的饺子，红红的辣油……每到过年，我就会不由自主地想起这碗酸汤水饺。品味年节的美好回忆，自然也是浓浓的年味。

相比于时下流行去饭店包一桌年夜饭，我则更加钟情于在家里做一桌年菜。倒也用不着海陆鲜汇，就是普通的家常菜，再添两三个年里必定得有的大菜，足矣。过了小年夜，就开始思考今年该做哪几道菜了，有些材料可以早早地备起来了，越往后价格就不断地往高处窜。五口人，八九个菜，外加老酒一壶，足以一慰孩子半年来在西北求学的思乡之情，也足以一慰半年来家人对孩子在异地求学的思念之切了。正式接过老父的衣钵，开始传承本帮杭式菜的做法，清淡中带点鲜甜，最适合大家的口味。一盘盘热菜端上桌来，升腾的热气灯光，屋里愈发地温暖。举起杯子相互送出祝福，家和万事兴。家人围坐，灯火可亲，最是浓得化不开的年味。

著名作家冯骥才曾经讲过一个过年的故事。那年家里筹办年夜饭，可最后偏偏忘了买酒。于是"大冯"披上棉衣，围上围巾，蹬上自行车去买酒，都快跑了小半个天津城，终于在一条小街的一间小杂货铺里买到了一瓶果子酒。他赶紧把酒揣在怀里贴身的地方，飞驰回家，当掏出酒瓶时，发现酒瓶竟被身体焐得很温暖。一家人就着这瓶温暖的酒，过了一个热乎乎的年。冯骥才的年味，一定是那瓶焐得暖暖的酒。

相逢

永和九年,王羲之与兰亭的"相遇",成就了一篇翰墨华章;多年以后,陆游与唐婉的相遇,留下了一杯黄滕苦酒;负笈远游,鲁迅与藤野先生的相遇,书写了一段师生情谊。

翻阅我与绍兴一次次的相遇,是溪水在山间流淌的淙淙琴韵,也是月华移步窗前挂出的层层帘影,更是一场场久别后的重逢。

(一)

《阿长与山海经》里写到了周玉田老人,他是鲁迅先生的远房叔祖:"一个胖胖的,和蔼的老人,爱种一点花木,如珠兰、茉莉之类,还有极其少见的,据说从北边带回去的马缨花。他的太太却正相反,什么也莫名其妙,曾将晒衣服的竹竿搁在珠兰的枝条上,枝折了,还要愤愤地咒骂道：'死尸！'。这老人是个寂寞者，因为无人可谈，就很爱和孩子们往来，有时简直称我们为'小友'。"周玉田的老婆看似在咒骂珠兰枝条，实则是在骂他，用的是"死尸"一词。教学中，我发现用普通话来念，虽字正腔圆，读上去却觉得隔了一层，表现不出他老婆对他的厌弃之情，而如果尝试用绍兴方言来处理，那效果又会如何？读鲁迅先生的散文，用绍兴方言来锦上添花，不就是所谓的原汁原味吗？况且，本地方言与绍兴方言相近，相信同学们不会遇到大麻烦。先作示范，我把这个句子稍加修改，改为"侬个死尸"。当气流从唇齿之间破擦而出，一种咬牙切齿的感觉呼之欲出。对，就是这种感觉！于是，师生们齐读这个句子，教室里陡然爆出一片整齐的"咒骂"声。

  我相信，这次"变式"朗读已经帮助同学们找到了老人生活的况味，理解了老人悲惨的处境：酷爱读书，却不得家人理解支持，孤独终老，真是可悲又可怜！这样的尝试引领同学们走进了鲁迅先生的文章天地，发现先生对生活细节的细致观察与精妙提炼；领悟所谓的"大家手笔"，就是一个个细微之处的华丽绽放。

  一个方言词汇，帮我们掀起了帘幕一角，让我们再一次窥探到了语文学习的精彩与乐趣。这是一次在课文里与绍兴的相遇，妙不可言！

（二）

读周作人的《苦雨》一文，描绘两船交会时，他说绍兴的船夫之间会相互呼喊："靠塘来，靠下去"，以助两船顺利交错而过。

阅读至此，记忆之手轻轻一拽，把我拉回了儿时生活的地方。其时，我生活在外祖父家里，门前是运河古道，来往于河上的有不少绍兴人的小船，长长窄窄，即周作人笔下的"两张瓦"。船家坐小艇末梢，双手执桨一把为舵，两脚把持一把较大较长的木桨，木桨卧于一个关节之上，两脚蹬桨柄，桨柄圆转，桨叶随之翻转，如此周而复始，竟是非常之娴熟，看其操桨，不费吹灰之力，轻松之极！而当河面上船多时，河面便挤，或遇河道较窄。此时，来往的船夫便吆喝："靠塘来，靠下去——"，两船擦着船帮而过，上行下往，绝不相碍，如丝般柔滑。而这一声长调还在回荡，清亮、高亢、激越，似绍兴高调的唱腔，余音袅袅。

而这样的吆喝声，我每天都可以听到。早晨上学时，黄昏晚餐时，声音穿越窗棂，飞到我的身后，飞到八仙桌上。而我并不知道，这其实是古越文化予我的启蒙。

此刻，故旧重逢，跟着文字描述，我不知不觉地读出了声音:"靠塘来,靠下去——"这是一次在吆喝声里与绍兴的相遇,心神激荡!

(三)

去年盛夏,外婆度百岁而去。全家人悲痛不已。一百年前,从绍兴某个地方,年幼的外公牵着他母亲的手,跟在父亲的铜匠担子后,经海宁盐官,最后到崇德古镇落脚。时年十八岁的外婆勇敢地将自己的八字红帖给了我外公。两人在上海王开照相馆留下一张彩色照片,年轻的外婆脚蹬一双蓝色的皮鞋坐于椅子上,端庄娴静,外公站在她身边,一袭长衫,英俊儒雅。婚后,一个个孩子来到世上,"世德堂"娄氏的根脉开枝散叶。

而当分离四十一年以后,外公外婆重新"相聚"一起。两老的百年人生,让我们感念不已。为了寄托哀思,家族委托我开始了寻亲之旅,找寻外公祖居之地的亲人。几经辗转,找到了一位河南平顶山市叶县的娄姓老人,加了微信,经常联系。老人很热情,对娄氏宗族文化也颇有研究。从他那里得知,其先祖乃是从绍兴袍江马山檀渎村迁出,历经官宦生涯,定居于叶县,终成叶县一门望族。老人也告知于我,"世德堂"娄氏应该是源于安昌一带,叶县娄氏族谱里有文字记载,檀渎娄氏与安昌娄氏曾过往密切。老人的帮助让族人兴奋不已，多年的寻亲之旅终于又迈出了坚实的一步。

大家憧憬着，在不久的将来，找到娄氏宗亲，一杯浊酒喜相逢，唤醒血液里流淌的共同的祖先记忆。乡音不改，鬓毛未衰，漫漫寻亲路，相信我们终将与绍兴在乡音里相逢，他乡吾乡！

（四）

鲁迅先生故居附近有家"小绍兴家宴"，承绍兴朋友盛情，在这里体会绍兴食馔的本色之美。酒过三巡，菜过五味。一道道菜上来，似曾相识的感觉扑面而来，这道霉干菜烧排骨，不是我们家餐桌上的常客吗？这道红烧双菇豆腐，不正是我们三代人最爱的菜品吗？再看这道绍三鲜，不也是过年时的经典名菜吗？相比之下，我家的这道菜只是略少了一两样食材，神韵还在，特别是金黄诱人的蛋饺，更是勾起了久远的回忆：过了腊月二十三，外公家里忙碌开了，四舅负责做蛋饺，我在一旁当学徒，一把大汤勺，一块鲜猪油，一碗猪肉馅，一盆鸡蛋液，烧热勺子，夹起猪油在勺子里回转一圈，下蛋液，待其起皮，放下馅料，最后再用筷子使个巧劲，将蛋皮收束起金鱼状，好吃好看的蛋饺就呈现眼前。舅舅的师父是外公，我的师父是舅舅。

当视线再次回到桌上，我顿时明白了，离开绍兴百多公里，外公家已历五代，但其实并没有离开绍兴。

压轴大菜是一盘油炸臭豆腐，焦黄的外皮酥脆，内里浆汁洁白如玉，蘸一蘸鲜红的辣酱，滋味在舌尖起舞，浑身三千六百个毛孔全部投降。臭豆腐，绍兴美食的灵魂。几块豆腐干下肚，我突然想起了自家车库里的那坛臭卤。这次回去，该加点腌苋菜梗的卤汁了，再放点老豆腐和香菇茎，这个最能养成一瓮好卤！

眼前杯盘，恰似家里过年，家人围坐，灯火可亲。在一道道美食里，与绍兴再次相逢，回味悠长！

永和九年，岁在癸丑的那场聚会里，挂在杯壁上的酒浆，缓慢地化作一道向下的弧圈，一直不曾落下，历经千年。

思绪回到三十年前，初夏的某个黄昏，崇福上莫村，与老友在他的乡野小店，盘中菜冷了再热，热了再冷，木条箱里的"会稽山"开了一瓶再开一瓶，从中午一直到黄昏，两人始终坐在桌前，杯中琥珀色的液体轻轻晃动，细微的涟漪荡漾开去。太阳西沉，安静地浮憩于地平线之上。曲水殷勤，送过来的浅碟，缓缓来到了面前，端起杯来一饮而尽。

图书在版编目(CIP)数据

语溪淙淙 / 庄丰石著 .— 上海 : 上海社会科学院出版社,2024

ISBN 978-7-5520-4248-1

Ⅰ.①语… Ⅱ.①庄… Ⅲ.①散文集—中国—当代 Ⅳ.①I267

中国国家版本馆 CIP 数据核字(2023)第 194691 号

语溪淙淙

著　　者：庄丰石
责任编辑：邱爱园
封面设计：周清华
出版发行：上海社会科学院出版社
　　　　　上海顺昌路 622 号　邮编 200025
　　　　　电话总机 021-63315947　销售热线 021-53063735
　　　　　http://www.sassp.cn　E-mail:sassp@sassp.cn
照　　排：南京理工出版信息技术有限公司
印　　刷：上海新文印刷厂有限公司
开　　本：787 毫米×1092 毫米　1/32
印　　张：9.625
插　　页：1
字　　数：171 千
版　　次：2024 年 1 月第 1 版　2024 年 1 月第 1 次印刷

ISBN 978-7-5520-4248-1/I·511　　　　　　定价:68.00 元

版权所有　翻印必究